JN211294

たそがれビール

小川 糸

幻冬舎文庫

たそがれビール

目次

家族　8月29日　203
魔法の手　9月1日　206
現代美術　9月6日　209
きっちり　9月12日　213
ミラノデビュー　9月15日　216
日中韓　9月19日　220
オヤジガガ　9月21日　223
夏は終わり　9月25日　226
孫の顔　9月28日　229
世間知らず　10月14日　231
特別な場所　10月22日　235
大切にする　10月28日　238
待つよろこび　11月2日　242

本文イラスト　小池ふみ
本文デザイン　児玉明子

がんばる

1月5日

2012年、あけまして、おめでとうございます。

東京は、いいお天気が続いている。夜、空を見るとものすごく星がきれい。

今年の目標は、「がんばる」。

かなり子どもじみているけれど、なぜだかこの言葉しか思いつかない。

去年、サイン会をさせていただいた時に、たくさんの方から、「がんばってください」と声をかけていただいた。

その言葉は、素直に、とてもうれしかった。

自分が、一番弱っている時期だった。

よく、がんばって、という言葉の使い方を間違えると、相手を追い詰めてしまうから、使う時は、相手の状況を考えて、と言われる。

確かにその通りかもしれないけれど、その言葉でしか表現できないことも、あると思う。

それに、がんばることでしか乗り切れないことも、絶対にある。

私はよく、インタビューの時なんかに、無理をしないことがとても大事だと思いますという発言をしてきたし、確かにそう思う。

無理をしない、というのは、自然の、あるがままの心の欲求を大切にするということ。

たとえば、作りたくない時に無理に料理をしない、とか、そういうこと。

でも、怠惰でいいとか、わがままでいい、ということとはちょっと違う。

無理をしないことも大事だけれど、それと努力をしないことは、同じではない。

どうしたって、がんばらなくちゃいけない時は、絶対にある。

地面にしっかり足をつけて、ぐっと踏ん張る。

私の中では、がんばるって、そういうイメージだ。

努力、努力、努力、努力。

ちょっと泥臭いかもしれないけど、そういう一年にしよう。

知らず知らずのうちに乱れた呼吸を整えて、おなかにぐっと力を入れて、がんばって、書く。

それが、今年の大きな目標。

サラの鍵　1月8日

ホロコーストは、ドイツだけでなく、ヨーロッパ全土で行われた悲しい事実だ。ヨーロッパに行くと、今でもそのことがとても大きな負の歴史として背負われていることを実感する。

1942年7月16日から17日にかけて、フランス政府の行ったユダヤ人の一斉検挙は、史上最大規模といわれている。

夜明け前から警察が始動し、1万3152人のユダヤ人が逮捕された。子どもも赤ん坊も、女性もお年寄りも、ありとあらゆる人が含まれていた。彼らは、水も食料もトイレもない劣悪な状況の競輪場に、5日間も収容された。

その後、アウシュヴィッツなどの収容所に送られ、この世から抹殺された。このことを、フランス政府は、半世紀以上、公式に認めなかった。1995年、シラク大統領がようやく認めたという。

この、ヴェルディヴ事件を題材にした映画が、『黄色い星の子供たち』。そして私が昨日見に行ってきた『サラの鍵』も、同じくヴェルディヴ事件を扱った映画だ。

一斉検挙の日、主人公のサラは幼い弟を納戸に隠し、鍵をかける。サラは、すぐに出してあげられると信じていたから。でも、両親とともに、サラは競輪場に連行される。

なんとか弟を出してあげなくてはと、サラは収容所を自力で抜け出し、パリのアパートを目指す。そこには、すでに新しい住人がいて、彼らの前で、弟を隠した納戸の鍵を開けるのだけど。

すばらしい映画だった。

脚本・監督のジル・パケ゠ブレネールは、自身も、ドイツ系ユダヤ人の祖父を収容所で亡くしている。

少女がひとりで抱えるには、あまりにも大きくて重すぎる。弟を助けようとしたことが、逆に弟を苦しめることになる。過去と現代の転換も見事だったし、音楽もよかったし、役者さん達の演技もすごかった。本当にいい映画でたくさんの人にすすめたいんだけど、残念なことに、東京では、昨日が最終日だ。

もっと、いろんな劇場で上映を続けてくれたらいいのに。

ドイツから帰国後、もっとドイツのことを知りたくて、いろんな映画を見た。ドイツのことを知るうえで、ホロコーストはさけて通れない。本当に、たくさんの映画が作られている。中でも印象に残っているのは、『愛を読むひと』。ベストセラーとなった『朗読者』を映画化したものだ。他にも、『縞模様のパジャマの少年』、『名もなきアフリカの地で』もいい映画だった。

こういう映画を見ると、ドイツ人のことがより深く理解できる気がする。共通するのは、観客に一切媚《こ》びを売らないことかもしれない。うわぁ、こんなふうに終わってしまうんだ、と衝撃を受ける。

決して、わかりやすい形のハッピーエンドにはしない。

すごいなぁ、と思う。

『サラの鍵』は、ＤＶＤになったら買おう。そのくらい、いい映画だったので。

一所懸命　1月10日

実は、2011年の年末から、うちに家族が増えた。

名前は、るんば。

お掃除がだーい好きな、かわいいかわいい女の子（勝手に）。

そりゃ、私だって、なるべく電気に頼らず、ハタキや箒《ほうき》や雑巾を使って、日々、きれいに掃除ができたらいいなぁ、と思う。

でも、現実的な問題として、髪の毛を振り乱さなくちゃいけない時もあるわけで。

もちろん、結構なお値段だった。

だけど、掃除ができないばっかりにイライラしたり、夫婦喧嘩《げんか》をしたり、はたまた子どもに八つ当たりしたりするよりは、るんばにお願いして、気持ちをすっきりさせ、仕事に邁進《まいしん》した方がいいんじゃないかと思うのだ。

はじめてるんばにお掃除を頼む時は、ドキドキした。

ちゃんとやるのか知りたいので、そーっと、るんばの邪魔にならないソファの上で、こっそりるんばの動き方を観察した。

いやぁ、見事な働きぶりに驚いた。

きちんと隅っこまで手（？）を伸ばしてほこりをかき出すし、何度も何度も同じところに行って、一所懸命に磨いている。

急に曲がってみたり、いきなりななめにガーッと前進したり、全く読めない動きをする。見ていると、飽きない。

ペンギンは、るんばにすっかり感情移入してしまったようだ。るんちゃん、なんて気軽に呼んで、かわいがっている。

私がるんばを働かせようとすると、ちょっと酷使させすぎなんじゃないの？　とかなんとか言って。娘というより、おじいちゃんと孫みたいだ。

年末の大掃除も、るんばが来てくれたおかげで助かった。

るんばがゴミを取ってくれたところを、私が雑巾で磨いたり。掃除も、るんばと二人三脚でやると、楽になる。

それで私は、年が明けてから、箒を買うことにした。寝室とか脱衣所とか全部るんばにやらせるのではなく、そういうところのゴミは私が箒で掃き出して廊下に集め、そこをまとめてるんばにやってもらう。そうすると、時間も電力も少なくて済む。

夕方お風呂に行っている間にるんばに掃除を頼んでおくと、部屋がすごくきれいになっていて、気持ちがいい。

正直、とっても助かっている。

ありがとうね、るんば。

ひとりの力で

1月14日

お正月の新聞記事で知ったのだけど、2011年ニューヨークで起こった「ウォール街を占拠せよ」の運動。

あれは、69歳のひとりの編集者から始まったらしいのだ。

そのことに、すごく驚いた。

カレ・ラースンさんは、カナダのバンクーバーで『アドバスターズ』という雑誌の発行人だ。

ただ『アドバスターズ』は、地元の人でもほとんど知らないような、マイナーな雑誌。

そのサイトで、「ウォール街を占拠せよ。9月17日決行、テント持参のこと。」と呼びかけた、その一言がきっかけで、世界各地に反格差社会運動が広がったという。

最盛期には、世界中で1000か所以上を占拠するという、大きな流れにつながった。

それって、すごくない？！？

だって、たったひとりの一言が、世界中の若者達の心に響き、行動へとかりたてたのだもの。

ラースンさんは、ご自分のことを、「私は、単なる老いた雑誌編集長です。」とおっしゃっている。

ウォール街にも行っていないし、デモの指揮をとるつもりもなかったそうだ。

つまり、ラースンさんの知恵とアイディアが、人の心に響いて、勝手にぐんぐん成長し、大きくなったということだ。

常々、限られた人達の手によって世の中が動かされているような印象を持っていたけれど、そうじゃないんだ、ということを、ラースンさんはポジティブなやり方で教えてくれた気がする。

私も以前、デモに参加したことがある。

もうずいぶん前だ。

あれは、イラク戦争に反対するためのデモ行進だった。

何かせずにはいられなかった。

大声で訴えるのも、楽器を鳴らすのも苦手なので、ただただ仏頂面を浮かべて大通りを歩いたっけ。

イラクに人道支援に行った高遠《たかとお》菜穂子さん達3人が現地の武装勢力に誘拐《ゆうかい》された時は、座り込みのデモにも参加したことがある。

あの時は、数でしか力になれないと思ったからだ。

ベルリンでも、何度かデモに出くわした。

今はいろんな方法があると思うけど、何かを主張したい時にきちんと意思表示して平和的な行動で示す、ということは、とても大事なことだと思う。

ラースンさんが「占拠」を発案する前にやってきた二つの活動というのがまた、すごく興味深かった。

ひとつは、「ノー・バイ・デー」、要するに、いきすぎた過剰な消費行動に対して、待ったをかけ、物を買わない日を設けること。

それと、「デジタル解毒デー」。

デジタルに魂まで侵略されないよう、今日一日は、全くデジタルに触れない日を設けることだ。

私の場合、これまでも結構、「ノー・バイ・デー」も「デジタル解毒デー」も、実行している。

やってみると、これが本当に、心身にとってすがすがしい風を巻き起こす。

週に一日でも買い物をしないで過ごすと気持ちがすっきりするし、週に一日だけでもパソコン類に触れないだけで、かなり調子がよくなる。

お正月、特に元日はこの二つを実行できる最たる日だと思うけれど、この頻度をもっとあげたら、よりストレスが少なくなるんじゃないかしら。

今年はこれを、もっともっと周りの人達にも広めたい。

ひとりの力って、本当に偉大なんだなー、とつくづく実感した今年のお正月。

できることは、まだまだきっとたくさんある。

去年は希望が49に対して絶望が51くらいの感じで絶望の方が強かったけど、年が明けて、なんだかその数字が逆転した気がする。

頭ひとつ分くらい、希望がリードし始めたようだ。

サンタクロース　1月16日

私の一番年下の友達は、5歳の女の子だ。

かりに名前を、ららちゃんにする。

ららちゃんとは、なんていうか、とっても馬が合う。

相手が幼いとはいえ、相性とか、気が合うとか合わないとか、趣味が共通する、とかっていうのは、お互いに感じるらしい。

いっしょにいるととっても楽しくて、会えないと寂しい。

去年の12月、ららちゃんの家に遊びに行った時のこと。

「ららちゃん、サンタクロースさんに、何お願いしたの?」と聞いたら、「ピアノ!」と元気よく答えていた。

「ピアノかぁ、サンタさん、重くて大変だねー」と、私。

その後ららちゃんは、24日に、うちに、サンタクロースの恰好《かっこう》をして、お花を届けに来てくれた。

そして、クリスマスが過ぎて数日後、年末にまた会った。

さっそく、「ららちゃん、サンタさん、何持ってきてくれた？」と質問したものの、どうも歯切れが悪い。

どうやら、今年はサンタさん、来なかったらしいのだ。

ららちゃんが、ちょっと泣きそうな顔になった。

ママからの説明によると、

「今年は被災地でさみしい思いをしている子ども達がいっぱいいるので、ららちゃんは、サンタさんにお手紙を書いて、自分の分のプレゼントを、子ども達への絵本に回してほしい」とお願いしたらしいのだ。

そうだったのか。

私の場合、物心つく頃から、プレゼントは熨斗袋《のしぶくろ》に入れられた現金だった。

サンタクロースなんて信じる余地もなかった。

子ども心に、おカネかよ……、なんて夢がないんだろう、と思っていたこともあり、私は、自分の経験をふまえ、子ども達には、一日でも長く、サンタクロースを信じてほしいなぁ、と思っている。

それで、ららちゃんに、ちょっとだけ嘘をついちゃった。

ららちゃんに渡そうと思っていたプレゼントがあったのだけど、それを、「サンタさんが間違って、ららちゃんへのプレゼントをうちに置いていっちゃったの」と。

今日、送ったプレゼントが届いたらしく、さっそくららちゃんが電話をくれた。

「サンタさん、何くれたの？」と、とぼけて私。

「ティーセット。コップとか、スプーンとか」とららちゃん。

「よかったねー」

「でもサンタさん、なんで間違っちゃったんだろう？」

「きっと、ららちゃんが24日にうちに遊びに来てたから、そのままこっちにお泊まりすると思ったんじゃない？」

「そっかぁ」

と、一応、納得はしてくれたけど。

子ども相手でも、というか子ども相手だからこそ、嘘をつくのは、ドキドキする。

すべてを、見透かされているような気持ちになる。

でもとにかく、ららちゃんが喜んでくれたようで、一安心。

この春から小学生になるららちゃん。

ランドセルの色を聞いたら、「キャメル」とのこと。

私の子ども時代とは、ずいぶん違う。

ららちゃんが小学生になる前に、二人で銀座の資生堂パーラーに行く、というのが今の私のささやかな夢だ。

実現できるといいんだけどな。

あったかぽ

1月17日

モンゴル、アラスカと、寒い土地での経験を積んだせいで、すっかり、寒さ対策の上級者になってきた。

部屋の中では、まず足元を温める。

私は、もう11月くらいから、ムートンのブーツを履《は》いている。

うちに来る人は、みんな私の恰好に目を丸くするけど、本人があったかければ、それでいい。

内履きとか外履きとか関係なく、私はふつうに、外を歩くためのブーツで通している。

もちろん、靴下は2枚重ねだ。

それでも寒かったら、靴用の小さいカイロを入れる。

これは、とっても便利だ。

だいたい、寒い時は足から冷える。

外にいる時間が長い時は、つま先用の小さいのとか、足の形になっているのとか、程度に合わせてしのばせておくと、かなり暖かい。

この靴用カイロに、ずいぶん救われてきた。

家の中にいる時でもヒートテックの肌着は必須だし、その上にカシミアのセーター、その上にさらに、モコモコ。

モコモコはもともと、極寒のモンゴルを乗り切るために買ったもの。

ぬいぐるみみたいな肌触りで、とにかく軽くて保温性が高い。

これを、冬の間中、ずっと着ている。

あとは、夕方の一番寒くなる時間帯に、お散歩をしたり。

そうすれば、日中は暖房をつけなくても過ごすことができる。

あったかぽも、優れものだ。

いつの間にか、わが家での愛称が、あったかぽになっていた。正式には、チェリーピロー。

いろんなところで紹介しているし、友人・知人にも、ほぼ全員にプレゼントした。

中に、お酒を造った後のさくらんぼの種が入っていて、電子レンジでチンして使う。

朝、仕事をする時は、おなかや肩にあてたり。

夜寝る前は、お布団の足元に入れておく。
以前は湯たんぽも使っていたけれど、いつの間にか、あったかぽ一筋になっていた。
夏の暑さは、服を脱ぐにも限界があるけど、寒さ対策は、工夫次第でいろいろできる。
だからやっぱり私は、冬が好きだ。
またしても、もっと寒いところに行きたくなってきた。

雪　1月20日

今、東京は雪が降っている。

朝起きて、ドキドキしながらカーテンを開けたら、ちらちら降り始めていた。

今は、結構本格的に降っていて、うっすら、積もり始めている。

雪国で生まれ育ったからか、雪を見るとホッとする。

雪は、見ているだけで飽きない。

さっき、朝昼ご飯を食べる時に音楽を聴いていたのだけど、まるで雪は、その曲に合わせるようにして降ってくる。

マドンナにも、ショパンにも、ピンクフロイドにも、ちゃんと合わせて降ってくる。

雪にも匂《にお》いがあって、初雪の朝はすぐにわかった。

でも、東京の雪には匂いがしない。

窓を閉めているから？

こういう日は、一日家に閉じこもって、カフェオレでも飲みながら本を読んだりしたいものだ。

でも今日は夜、出かける用事がある。

武満徹作曲賞本選演奏会を聴きに行くのだ。

世界中から応募があった現代音楽のコンクールで、最終選考に残ったいくつかの曲を、東京フィルハーモニーが演奏してくれる。

本当は、去年の5月に予定されていたのだけど、もしかすると震災の影響で、延期になったのかもしれない。

根っからのクラシックファンの中には、現代音楽に否定的な人もいるけれど、私は結構好きだ。

型破りで、エネルギーがあって、宇宙とか、そういう世界を連想させる。

テクノミュージックとも、かなり近いと思う。

今日は、ベルリンのヤングユーロクラシックで演奏された曲の作曲家の方もいらっしゃるらしい。

私はその人の作った曲がすごく好きだったので、楽しみだ。

のほほんねーさんの話

1月22日

ケータイは持っているけれどメールはやらないのほほんねーさんと、ケータイは持ってないけどメールは使う私の連絡手段は、だいたいファックス。

先週、いっしょにご飯を食べることになり、その時も、私が待ち合わせの場所などを書いて、ファックスを送っておいた。

ところが、当日お会いすると、なんとそのファックスをお財布に入れたまま、お財布ごとなくしてしまったという。

実はその日ののほほんねーさんは、年末になくしたマフラーを取りに、東京に出てきていたのだ。

のほほんねーさんが、興奮して言う。

「そのマフラーはね、決してお金では買えない大事なものだったの。お金で買えるものだったら、なくしてもいいんだけど、それはもう買えない宝物だったの。だから、お金なんていらないから、マフラーは出てきて、って必死に祈ったの」

そしたら、本当に出てきたのである。

でも、それと引き換えみたいに、今度は財布がなくなった。

「お金なんていらない、って言ったから、罰が当たったのね」と、のほほんねーさん。

黄色いお財布だったという。

カード類とお金は別々にしていたので、中に入っていたのは、現金のみ。

「まぁ、マフラーは戻ってきたし、それがマフラー代だったと思えばさ」

口が大きく開いているバッグを持って電車に乗り、見えるところにお財布を入れていたというから、すっと手を入れてとられたのかもしれない、という話に落ち着いた。

その日はとりあえず、お友達にお金を借りてきていた。

でも、そののほほんねーさんが、昨日、夢を見たのである。

自分が、黄色いお財布を持って歩いている夢を。

それで、どうにも釈然としなくて、再び、乗った電車、行った場所、かたっぱしから確認の電話をしてみたという。

そうしたら、本当に見つかったのだ。

六本木ヒルズの、ベンチに置き忘れていたらしい。

どんな財布ですか、と聞かれ、黄色いお財布です、と答えたのほほんねーさん。

けれど、カード類が入っていないので、身分を証明する物がない。

どうしよう、という時に、のほほんねーさん、ひらめいた。

「中に、ファックスが入っているはずです」

「どんな内容ですか?」

「えーっと、最初に、ノンノンねーさんへ、って書いてあって、あとは待ち合わせの場所と時間、お店の名前は〜」

「はい、あなた様のお財布に間違いありません」

疑いが、晴れた。

お財布が無事、のほほんねーさんの元に戻ってくることになったのだ!

まさか、私の送ったファックスが重要な決め手になるなんて、と今朝は電話口で大笑い。

笑いすぎて、涙が出た。

というわけで、また、のほほんねーさんは、今度はお財布を取りに東京に出てくるという。

マフラーもお財布も両方戻って、めでたしめでたし。

天使の髪の毛

1月27日

この間、ふと思いついて作ってみたら、びっくりするくらいおいしかったもの。

ゴボウのかき揚げ。

作り方は、とっても簡単。

ゴボウの皮をむいたら、ピーラーですべて細長い形になるよう、薄く薄くスライスする。

それを、何度か水につけてアク抜きし、最後に水を捨てたら、小麦粉を少しまぶすようにして、あとは油で揚げるだけ。

これが、めちゃくちゃおいしかった！

私は、家で結構天ぷらを作る。

野菜天が好きで、晩ご飯のおかずに困ると、天ぷらになる。

前にも書いたかもしれないけど、天ぷらを上手に揚げるこつは、とにかく無心になることだ。

　なるべく、何も考えない。

　衣も、私は粉を水で溶くだけ。

　天ぷらは、油の処理が面倒なので、天ぷら専用の鍋をいっこ設け、そこに油を入れっぱなしにしている。

　私が使っているのは、蓋《ふた》のできる鉄鍋。

　こうしておけば、いちいち油を出したり片づけたりしなくていいから、揚げ物が楽にできる。

　野菜を揚げる分には、油はそんなに汚れない。

　何度か使って、最後にコロッケとかカツで汚れたら、ペンギンのいらなくなったTシャツに油を吸わせて捨て、また新しい油を入れる。

　こうすれば、めんどくさくない。

　このゴボウのかき揚げは、本当にサクッとして、軽い歯触りで、いくらでも食べられそうだった。

　まるで、天使の髪の毛のような感じ。

　天ぷらは基本的に塩で食べるのが好きだけど、これは天つゆにちょっと浸して食べるのがいいみたい。
揚げたてを、あったかいお蕎麦《そば》やおうどんにのっけて食べてもおいしそうだ。
思い出していたら、だんだんおなかがすいてきた。

相性　2月7日

近所にある魚屋さんは、週に3日くらいしか、店を開けない。

店というか、ガレージの一角をお店にしている感じ。

マグロの仲買さんらしく、築地《つきじ》から、いいマグロを仕入れてきて、本当に安く提供してくれる。

基本はマグロ屋さんだが、他にも、種類は多くないけれど、季節ごとに旬《しゅん》の魚が置いてある。

うちの食生活に、なくてはならない存在だ。

ヨガの教室から目と鼻の先なので、私はいつも、ヨガの帰りに寄るようにしている。

けれど、そこの奥さんと、どうもうまくかみ合わない。

ある時は、悪気はなかったのだけど、朝一番に、1万円札を出して怒られ、またある時は、早く行きすぎて怒られ……。

でも極めつきは、かれこれ一年ほど前にさかのぼる、この出来事。

私は、その前の週に、時鮭《ときざけ》を買っていた。

3切れで500円、ひとり1パックまで。

それで、その日もあったので、時鮭を注文したのだった。

奥さんが、時鮭を包んでくれている間、私は、「この間、とってもおいしかったです」と言った。

実際、とてもおいしかったし、他愛のない世間話のつもりだった。

けれど、予想に反して、意外な反応が返ってきた。

どうも、私の言葉に、奥さんがムッとしているのである。

あれ？　何か変なこと言っちゃったかな、と心配になった時、

「お姉さん、うちはね、マグロ屋だから」

奥さんから、返された。

マグロだって、もちろんおいしいのは知っている。

お客さんが来る時も、いっぱい買っている。

でも、うちは基本的に玄米なので、ふだんはマグロより、時鮭の方が合うのだ。

なにも、あんな言い方をしなくたって……。

自転車をこぎながら、ちょっと涙目になっていた。

そして一年経《た》って、この間久しぶりに魚屋さんに立ち寄ったら、またあった。

時鮭、3切れで500円、ひとり1パックまで。

どうしよう。

時鮭、食べたい。でも、また怒られたら……。

もちろん、ヨガの時は家中の小銭を集めて、お財布に入れている。

思い切って、時鮭を頼んだ。

すると、これまた予想に反して、奥さんが、にこやかなのである。

あれ？　と思っていたら、今度は奥さんの方から話しかけられた。

「お母さん、お子さん、元気？　風邪なんか、引いてない？　今、インフルエンザ流行《はや》って、学級閉鎖になっているところ、多いんだって」

お母さん、ってつまり私のこと？

しかも、お子さんって誰？

けれど、ここで否定しては空気がしらけると思い、「あ、うちは大丈夫です」と答えてみた。

無事、時鮭ゲット！
帰り道、自転車をこぎながら、はたと気づいた。
奥さん、私のこと、誰かと勘違いしちゃったんだね。

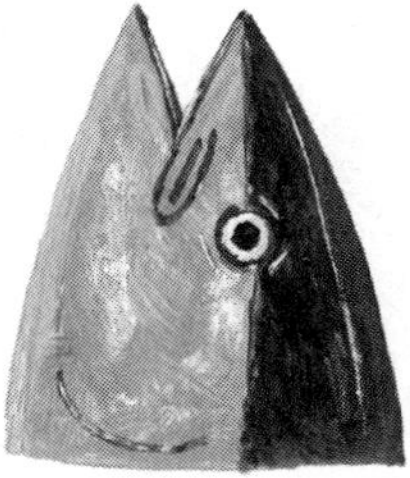

お肉のちから　2月16日

一瞬だけ、風邪をひいた。

ペンギンがひいた風邪を、もらったみたいだ。

夜中に、悪寒と発熱が交互にきて、一晩中、悪夢にうなされた。

こりゃだめだ、と思って半日休んだら、だいぶ楽になった。

それで、なんとなく二人ともだるいので、日課のお風呂に、ペンギンも連れて行くことにする。

その帰りに、夕飯も外で済ませる魂胆だ。

体がしんどい時は、無理をしないに限る。

最初は、うどんがいいかなぁ、と話していた。

ちょうど帰り道に、おいしい常夜うどんを食べさせてくれる店がある。

けれど、少し迷って、うどんではなく、焼き肉を食べることにした。

久しぶりの、焼き肉。

ペンギンとお店に入るのは、たぶん、10年ぶりくらい。

お肉を全く食べないわけではないけれど、お肉だけをメインで食べるというのは、選択肢としてほとんどありえない。

でも、その時は焼き肉だった。

炭火に網をのっけて、タン塩、ロース、レバーと次々焼いていく。

やけっぱちでビールも飲んだら、これがまた冷たくておいしかった。

キムチも豆腐チゲも石焼ビピンパも、全部美味。

結果として、大正解だった。

お店を出る頃には、それまでふにゃふにゃだった体の芯《しん》に、びしっと気合が入って、なんだか緩んでいたふんどしが、締めなおされた感じ。

お互いかなりニンニク臭いんだけど、なんだか体の隅々にまで元気がみなぎっている。

韓国料理には、韓国の垢《あか》すりと同じような、有無を言わせぬ圧倒的なパワーがある。

こういう時は、お肉に限る。

おかげで、すっかりやる気が復活した。

ところで、今電車なんかでの移動中に持ち歩いて読んでいるのが、『純情ババァになりました。』で、加賀まりこさんのエッセイ集だ。

前にも一度読んでいるのだけど、また読み返してみても、やっぱり面白い。

私、加賀まりこさんって大好きだ。

中でも今回、特に、そうだそうだと思ったのが、次の文章。


変だと感じることに対し、「それは変です」と声をあげることは大事だと思う。

そういう時、私は常にチンピラでありたい。

権威になびかず、強者の横暴に嚙《か》みつくチンピラでありたい。


かっこいい。

本当に、すてき。

そして私も、同じようにチンピラでありたいと強く思う。

私の中のチンピラは、かなりタチが悪そうだけど。

アングランドさんの絵本

2月20日

とーーーーーーーーーーーーっても、かわいい絵本ができた。

J・W・アングランドさん原作の、『はるになると』と、『ともだちはどこ？』。

私が翻訳をさせていただいたものだ。

薄くて、手のひらサイズのちっちゃい本なんだけど、みんなの愛情がぎっしり詰まってい
て、そばに置いてあるだけで、幸せになる。

アングランドさんが生まれたのは、１９２６年。

２０１２年で86歳になられるおばあさんで、今も、アメリカに暮らしていらっしゃるとの
こと。

この本は、もう何十年も前に出版されたもの。

それがこうして、時を経て、新たに日本でよみがえった。

絵も、すごくすてき。

翻訳のお話をいただいたのが去年のちょうど今頃で、そこからコツコツと、担当編集者さんとのやり取りを重ねながら、完成を目指した。

アングランドさんの絵と言葉の、優しい雰囲気を乱さないように。

そして、含蓄のある内容が、簡単な言葉で、届くように。

『はるになると』は、春がめぐってくる喜びを、『ともだちはどこ？』は、真の友達の見つけ方を、それぞれ絵と文章で表している。

勝手な想像だけれど、アングランドさんはこの作品を、人生のとても辛《つら》い時に作られたのではないかと思う。

ページのすみずみに、厳しさの中からじわっとにじみ出る、優しさを感じる。

特に『ともだちはどこ？』の方は、私も常々、友達という存在に対して同じような考えを抱いていたから、なおのこと、訳がしやすかった。

アングランドさんとは、お目にかかったこともないけれど、まるでいっしょにお茶を飲んですてきな時間を過ごしたような、親密さを感じる。

パパパパパーと、スケジュールに追われ、大慌てで作品が生産されることもあれば、こんなふうに、じっくりと時間をかけて、愛情に育《はぐく》まれながらゆっくりと産声を上げる作品もある。

表面上はどちらも同じような顔に見えるけれど、でも時間をかけて作られた作品というのは、やっぱりなんか違うのだ。

時間が堆積《たいせき》して、醸され、発酵されて、作品に独特の深みとまろやかさが生まれる。できるなら、私自身、後者のような作品に携わりたいと思う。

この本の誕生にかかわることができて、うんと幸せ。

とても小さな本だけれど、誰かさんにとっての、かけがえのない、大切な宝物になることができたら、すごくすごくうれしい。

今回は、『アングランドの小さなおくりもの』として、2冊まとめてのセットも販売される。

やっぱり、箱のカバーって、いいなぁ。

カバーには、私からのメッセージもちょこっと書かせていただきました。

ぜひぜひ、本屋さんで見つけてください！

行方不明

3月3日

忽然《こつぜん》と、姿を消してしまったのである。

行方不明になってしまったのは、私の手袋。

先日、外出しようと思って手袋を探したら、見つからない。

どこを探しても、何度探しても、出てこなかった。

この冬、買ったばかりの手袋だった。

オレンジ色の、柔らかい革でできていて、一回手を入れた瞬間に、これにする！　と即決した。

中はふわふわの毛になっていて、まるでひよこをだっこしているような優しい温《ぬく》もりに包まれる。

この冬は特に寒い日が多かったので、どこに行くのもいっしょだった。

私としては、かなり奮発したのだ。

しかも、今となっては笑ってしまうのだけど、絶対になくさないようにという強い意思のもと、わざわざ高い手袋を選んだのだ。

そうすれば、大事にするし、いつもしっかり身につけているだろう、と。

その考えが、甘かった。

たった数か月で紛失してしまうとは、本当に自分が情けない。

直近の外出を思い出し、自分の足取りをくまなく回想した。

ギャラリー、カフェ、美容室、スーパー。

それから、地下鉄の駅、タクシー。

心当たりは、全部問い合わせた。

でも、どこにもない。

ったくもう、今頃どこで何をしているのやら。

野ざらしになっていたり、捨てられていたら、悲しすぎる。

すべて自分の責任なので、誰も責められず、ますます、とほほ、だ。

でも、とちょっとだけ期待するのは、自分がかなり間抜けだということだ。

私にはかなりおかしな癖があって、考え事なんかをしていると、とんでもない場所に、とんでもない物をしまってしまう。

たとえば、冷蔵庫の中にハンカチをしまってみたり。

この間は、なぜか、靴箱から蜜柑《みかん》が出てきた。

本当に本当に、摩訶不思議《まかふしぎ》。

その上、探すという行為も妙に苦手で、なぜか、目の真ん前にあるのに、気づかず横の方を一所懸命探してしまったりする。

だから、万が一でも、私のいつものおっちょこちょいで、家の中の変な場所に隠れていればいいなぁ、と思う。

そして、何年後でもいいから、あの手袋と、再会したい。

でもその頃には、今度は手袋をなくしちゃったということを、忘れていそうで、ちょっと心配なんだけど。

どなたか、心当たりのある方は、いらっしゃいませんか？

オレンジ色の、中がふわふわする、柔らかい革の手袋なんですが。

ユルムとイキム　3月7日

自分でも、かなり上手になったなぁ、と思う。

ユルム（緩む）とイキム（息む）に関してだ。

数年前、『つるかめ助産院』の取材である助産師さんとお話をさせていただいた時に、彼女が何気なくおっしゃった言葉。

「ずっと力みっぱなしだったら、いざという時に力が入らないでしょ」

よく考えてみれば当たり前のことなんだけど、これは本当に名言だと思う。

がんばる、というと、なんだかおなかにグッと力を入れて、神経を集中して、目標に向かってまっしぐら、みたいなイメージがあるけれど、そのためには同じ振り幅で、真逆の方向にリラックスすることも必要だ。

ユルムとイキム、両方に振り子を動かして、はじめて「がんばる」ことが成立する。

以前は、そうじゃなかった。

物語、特に長編を書くことはよくマラソンにたとえられるけれど、少し前だと、42・195キロを走らなくちゃいけないのに、まるで100メートル走の勢いでスタートして途中でダウンしたり、がむしゃらにつっ走ることががんばることだと思い込んでいた。

でも今は、42キロを走り切って笑顔で気持ちよくゴールするにはどうすればいいのか、よく全体を考えながら走れるようになった。

このあたりで疲れそうだな、と思ったら、自分の体が一番喜びそうな栄養ドリンクを自分で前もって用意しておくことができるようになったし、あそこまで行ったら、まだ走れそうだけどあえてペースダウンしてラストに備えようとか、いろいろ想像して計画できるようになってきた。

私の場合、大きく一年でユルム時期とイキム時期を想定して、その中でも、月ごと、週ごと、一日の中にもそのゆったりとした波を作るように心がけている。

肩がぱんぱんで動けない、っていう状況になってから針や整体に行くのでは遅いので、最近は前もって、体ケアの日を決めて、酷使した分だけ、体にご褒美をあげる。

そうするとだんだん、走っているのが気持ちよくなってきて、ますます長い距離を走れるようになる。

平日は、自分の足で歩ける範囲しか、行動しない。

外部の人に会ったりするのは、金曜日の午後のみ。

土曜日は朝ヨガに行き、午後は思いっきり気持ちを外に解放させて、外食したり映画を見たり。

日曜日は、頭がい骨整体に行って、静かに過ごす。

自分でルールを決めてしまったら、とても楽ちんになった。

一日、一日、

3月14日

毎日同じ時間に起きていると、このところ、だいぶ日の出が早くなったと実感する。

去年の暮れ頃は、起きてもまだ外は真っ暗で、台所の電気をつけないと、お湯を沸かすことができなかった。

でも今は、もう外が明るくなっている。

同じように、太陽が沈む時間もずいぶん遅くなって、最近は、夕方の六時近くでも、まだ空に光がある。

大震災から、一年が経った。

あれから、一か月、三か月、半年、十か月と、これほど時間というものを意識して過ごしたのは、はじめてかもしれない。

テレビなんかでは、元気よく復興に励む人達の姿や、「絆《きずな》」、「希望」という言葉だけが脚光を浴びているように感じて、そうなんじゃないかと錯覚しそうになるけれど、悲しみが、そう簡単に癒《い》えるとは思えない。

近所付き合いが好きだった人が、人と付き合うのが嫌になって仮設住宅に引きこもったり、震災前は上手に作れていたドーナツが、今はもうガスの火を見るのも怖くなって作れなくなったと嘆く人もいる。

私にとっても、お別れの多い一年だった。

天国に行ってしまってもう二度と会えない人もいるし、また会えるけれど遠くに離れてしまった人もいる。

程度の差こそあれ、誰ひとり、一年前の3月11日以前には戻れないと思う。

悲しみが、ある日消えてなくなることもないだろうし、絶望が、オセロみたいにいきなり希望に変わることも、ありえない。

でも、一日中ずっと泣いていた人が、一日の中で少しは笑える時間ができて、誰かと他愛のないおしゃべりができるようになって、そういうことが、本当に少しずつ少しずつ変化をもたらしてくれるんじゃないかと思う。

いきなり変わることは、ない。

でも逆に言うと、一日、一日、ちょっとずつなら変われるのかもしれない。

一日でも早く、という言葉を常套句《じょうとうく》のように使うことには抵抗があるんだけど、ゆっくりでも、少しでも、時には後ずさったりしてもいいから、結果として、今の苦しみからちょっとでも立ち位置が明るい方向に動いていたら、いいなぁと思う。

のろのろでいいから、確実に。

そうやってゆっくりと変化したものは、そう簡単に逆戻りもしないと思うし。

この冬は本当に寒かったけれど、それでもここ数日は、東京にも暖かい陽が差している。

つんつるてんだった木々も、芽を出し、その時に備えて、蕾《つぼみ》が着々とふくらんでいる。

パーラーデート　3月19日

ついに、ららちゃんと、二人きりのデートに行ってきた。
場所はもちろん、銀座の資生堂パーラー。
ずっと前から約束していたので、この日が本当に待ちどおしかった。
ちょうど、誕生日を迎えて6歳になったばかりのららちゃん。
しかもその日は、幼稚園の卒園式の翌日。
ららちゃんは、私が誕生日にプレゼントした藤色のワンピースを着てやってきた。
親チームと別れ、私とららちゃんは、二人で銀座を目指す。
それにしても、人様のお子を預かるというのは、とっても緊張する。
何か危険がないか、かなりそわそわと落ち着かなかった。
結果として、パーラーデートは大成功。

食が細い子なのでほとんど食べられないかな、と思っていたら、キッズプレートをほぼひとりで平らげた。

キッズプレートとはいえ、コーンスープに始まり、チキンライス、エビフライ、ハンバーグ、ポテトサラダ、ミートクリケット、そしてデザートには苺《いちご》ののったアイスクリームと盛りだくさん。

子ども用に、少し小さいサイズの銀のスプーンとフォーク、ナイフを出してくれるのが、うれしい。

ららちゃんを見てて偉いなぁと思ったのは、一番好きなハンバーグを半分だけ食べた後、大嫌いなポテトサラダ&サニーレタスを、がんばって、がんばって、全部食べたこと。

私からすると、嫌いなものを食べている間におなかがいっぱいになって、好きなものが食べられなくなるのでは？　と心配だったのだけど、本当に、嫌そうな表情を浮かべつつも、ちょっとずつちょっとずつ口に含みながら、きちんと食べていた。

そして、最後にまた笑顔でハンバーグをほおばるららちゃん。

かなり時間をかけて食べていたので（2時間くらい）、途中でお給仕さんが何度もお皿を下げそうになったのだけど、そのたびに、「まだ食べます」とちゃんと自分で言って、本当に残さず食べていた。

途中食べるのに飽きると、「白目」（どうやらこれが、ららちゃんのマイブームらしい）を出してかなりすごい顔をしてくれたり、パパやママのことを話してくれたり、もう本当に夢のようだった。

数日後、ららちゃんからお礼の手紙が届いた。

「しせーどぱーら、おいしくて、おいしくて、たまりませんでした。」とのこと。

次のイベントは、お泊まり会だ。

一流づくし

3月25日

新丸ビルへ。

ただ今、Délier IDÉE で開催中の、「ハンスの魅惑の小部屋」展を見に行く。

伊藤ハンスさんは、パリを拠点に活躍を始めたアーティスト。

足しげく蚤《のみ》の市に通っては、古い日常の品々を集め、それをコツコツと自分の手でリメイクし、新たに美しくよみがえらせる魔法の手の持ち主だ。

私の大切な友人のひとりでもある彼は、本当にすてきな人だ。

なんだかいっつもいい香りがして、果物のような、そよ風のようなのだ。

言葉づかいも、装いも、物腰も、すべてが洗練されていて、私はいつも、いっしょにいて、本当にため息が出てしまう。

そんな彼が生み出したもの達もまた、きれいで、優しくて、温もりがあって、乙女心を妙にくすぐられた。

　この子達がそばにいるだけで、とっても満ち足りた気持ちになる。


その足で、ミナペルホネンの展示会へ。

今回もまた、感動の連続だった。

どうやって毎回、あんなに独創的なお洋服の数々が登場するのか。

皆川明さんは、本当にすごいなぁと思う。

そして夜は、新国立劇場で上演中の「パーマ屋スミレ」を見に行った。

時は、1960年代、炭鉱での爆発事故に巻き込まれた在日コリアン家族をめぐる物語だ。

作・演出は、鄭義信《チョンウイシン》さん。

南果歩さんと松重豊さんが、夫婦役で登場する。

生きていくことは、本当にたいへんなことの連続で、辛いことが次々起きるんだけど、それでも歯をくいしばって誰かを支えたり、支えられたりしながら生きている人達の姿に、涙が止まらなくなった。

　今回は炭鉱での事故が取り上げられているけれど、いろんなことに重ね合わせて感じることができる。

となりでペンギンも、ぽろぽろ泣いていた。
すっかり興奮してしまったので、最後はバーに寄って、一流のお酒を一杯。
花粉と格闘しながら、一流づくしの一日を思う存分に満喫した。

京都

3月27日

先日、1泊2日で、京都に行ってきた。

京都は、本当にいい町だと思う。

私には、あの町の小ささが、ちょうどよく感じられる。

旅の目的は、龍安寺。

今、JRのCMでよく見かける、石庭のあるお寺さんだ。

そこで、白洲《しらす》信哉《しんや》さんと、対談をさせていただいた。

白洲さんは、父方の祖父母が、白洲次郎さん・正子さんで、母方の祖父が小林秀雄さんという、まさしくサラブレッドだ。

二十代の頃は、細川元首相の秘書をされていた。

骨董《こっとう》などの世界に、お詳しい方だ。

今回は、石庭を見ながらの対談。

雨にぬれそぼる早朝のお庭は、本当にしっとりと風情があって、すてきだった。

その模様が、『週刊ポスト』に掲載されました。

雨が降っていたし、あまり寄り道をせずにさくっと帰ってきたけれど、錦《にしき》市場に立ち寄って、さか井の鯖《さば》寿司だけは、しっかりお土産に買って帰ってきた。

やっぱり、絶品だった。

それにしても、『週刊ポスト』に私。

人生、何が起こるかわからないものですね。

はなちゃん

3月30日

気づいたら、町に花があふれている。

同じピンク色の花でも、薄いのから濃いのまで、様々だ。

さっき図書館に本を返しに行ったら、民家の軒先で放し飼いにされている鶏《にわとり》たちが、地面に散らばった椿《つばき》の花を無心につっついていた。

濃いピンクの花びらと黄色い花芯《かしん》、そのお花のじゅうたんの上を、ゆっくり歩く鶏の色彩がすごくきれいで、思わず立ち止まって見とれてしまった。

この4か月半、ずーっとこもって作品を書いていたので、気がついたら周りが春になっている。

なんだか、浦島太郎にでもなった気分だ。

花粉のせいもありそうだけど、頭がぼーっとしてしまう。

ところで、最近読んで、よかった本が『はなちゃんのみそ汁』。

そう、私が2011年の秋に出した『あつあつを召し上がれ』の中の一編、「こーちゃんのおみそ汁」、このモデルになった安武《やすたけ》さん一家の本だ。

この4月から、小学4年生になる、はなちゃん。

お母さんの千恵さんが亡くなった時、はなちゃんはまだ5歳だった。

千恵さんは、はなちゃんにお味噌《みそ》汁の作り方を教えて旅立った。

その母と娘の姿を見守る、安武信吾さん。

ここには、大切な家族の絆が描かれている。

冒頭にある、はなちゃんが書いた作文が、すごくいい。

はなちゃんにはきっと、いつだってお母さんの姿が見えているんだろうな。

そして、決してきれいごとではない、病魔との壮絶な戦い。

本当は、愛する人がそばにいてくれているという、ただそれだけで幸せなのだということを、安武さん一家が優しい言葉で教えてくれる。

はなちゃんが書いたという題字も、すごくいい味を出している。

ノマド月間　4月1日

今日から、4月。

この2週間というもの、本当に洗濯機の中に放り込まれたような目まぐるしい日々だった。

それというのも、今日から旅に出るからなんだけど。

夜、パリに向けて出発する。

今月は、まさにノマド月間だ。あっちに行ったり、こっちに行ったり、大忙し。

ようやく荷造りも済んで、大量のひじきもこしらえた。

今回は、石垣島の本家、ペンギンねーさんとの旅行なので、わが家のペンギンは、東京でお留守番。

小さく小さく縮小できたら、ポケットにでも入れて一緒に連れて行ってあげたいけど。

留守番ペンギンのため、玄米も大量に炊《た》いて、一人前ずつ包んで冷凍庫に入れてある。

これから、ちょっとだけ近所を散歩。

去年に引き続き、どうやら今年も桜の花は見られそうにないので、せめて蕾だけでも見てこようと思って。

気持ち的には、今回の旅は、虫取り網と虫かごを持って行くような感じ。

いろんなものを捕まえて、帰ってこよう。

いい旅になりますように!

夜景と夜空

4月4日

パリに向かう飛行機から見えた夜景がものすごかった。

今回ははじめて羽田空港からの海外便だったのだけど、夜中の12時過ぎに離陸するから、湾岸エリアの夜景が一望できる。

もう、本当にくまなく、隙間《すきま》なく陸地という陸地に電気がこうこうとともっていて、じっと見ていたら、じわじわと涙がこみ上げた。

もともと私には、ライトアップされた夜景とかをきれいだと思う感覚はほとんどない。

そのせいもあって、眼下にばーっと広がる夜景を見ていたら、ぐんぐんと切ないような気持ちになった。

だって、その日は日曜日だし、もう深夜なのだ。

それなのに、どこもかしこも、電気がついていて、一所懸命に夜と対抗している。

あの電気のうち、本当に必要なものはどれくらいだったんだろう。

私は、そこまで夜が明るくなくてもいいから、安心して暮らせる方がいいな。

ふと顔を上に向けると、月が出ていた。

地上の明かりに比べると、本当にひっそりとしている。

でも、私は夜空の方がきれいでずっとすてきだと思った。


今借りているアパートもそうだけれど、たとえば廊下の明かりなんかだと、数分して時間が経つと、電気が勝手に消えるようになっている。

これってていっつも、いいなぁと思うのだ。

確かにもたもたしているといきなり暗くなってびっくりするけど、必要ならまたスイッチに触れればいいだけの話だもの。

今回は約2週間のパリライフ。

まずはマルシェに行って、野菜でも買ってこようかな。

ここもパリ　4月5日

今回アパートを借りたのは、パリの11区。

パリは中心部からぐるっとカタツムリの殻を描くみたいに、1区、2区、3区、4区となるんだけど、それで言うと、11区は中心部から少し離れている。

というわけで、近所にまず観光客の姿はない。

ガイドブックを開いても、この界隈《かいわい》を紹介するページはまず出ていない。

地図にものっていない。

だから、パリにいるというのに、日本人にも会わない。

ふつうにパリと聞いてイメージするような、サンジェルマンやオペラ座、エッフェル塔、セーヌ川、そんな優雅な雰囲気とは無縁の土地で、ここって本当にパリかしら？　と不思議な感覚に陥ってしまう。

でも、確かにここもパリなのだ。

ということで今回は、もうひとつの庶民的な下町のパリを味わっている。

昨日、おいしいフォー屋さんがあると聞いて歩いて探していたら、洋服の問屋街に出て、そこが本当にすごかった。

このハデハデ、ケバケバのお洋服は、誰が着るの？？？　と心底不思議な気持ちになってしまうセンスで、でもきっとこれも需要があるのだなぁと思うと、パリの奥深さを感じる。

私の目が慣れてしまったせいなのか、それともベルリンの影響なのかはわからないけれど、どうもパリは前より汚くなっているような気がする。

メトロも、かなり汚れている。

はじめてパリに来た20年前は、もう本当に、どこもかしこもきれいに見えて、何もかもがすてきに映ったのに。

でも今は、パリのいろんな面がよく見える。

そして私は、小綺麗《こぎれい》なパリも好きだけど、猥雑《わいざつ》なパリもまた、それはそれで魅力的だなぁと思うようになった。

もうすぐ夜明け。

朝の7時くらいから、ようやく空が薄ぼんやりと明るくなってくる。

初アフリカ　4月8日

なんだか、楽しくて、毎日があっという間に過ぎてしまう。

今回は、あまり予定を立てずに来たのだけど、逆にそれがよかったのかもしれない。

その日、その日、気持ちの赴くままにふらふらしていると、思わぬところで、ばったりと宝物に出会ったりする。

数日前に1泊で行ってきたブルターニュもすばらしかった。

今年は桜が見られないかと思っていたのに、なんと、カンカールにあるシャトーホテルのお庭に桜の木があって、そこでちょうど見事に桜の花びらが開いていたのだ。

風景に桜が入ると、急に日本っぽくなる。

カンカールは海辺にある小さな町で、カキなどの魚介類がとってもおいしいところ。

農業や酪農もさかんで、TGVの窓の向こうに延々と続く田園風景がすてきだった。

冬は、とってもとっても厳しいのだと思う。

でもだからこそ、ようやく訪れた春を、みんなが心から喜んでいる気がした。

南仏もよかったけれど、北好きの私としては、ブルターニュ地方もかなり好き。

なんていうか、すべてが出しゃばっていなくて、素朴な感じがとってもよかった。


今日は、ハンスさんの案内で蚤の市へ行ってきた。まさに、宝物探し。

ベルリンにもアンティークマーケットがたくさん立つけれど、やっぱりどこかちょっと雰囲気が違うような。

フランスは、やっぱりとても女性的な国だと思う。

そして、明日から、モロッコに行ってくる。

アフリカ大陸に、初上陸だ。

これも、こっちに来てから、成り行き任せに決まった旅。

ずっとずっと行きたかった場所なので、本当に楽しみ。

明日の今頃は、マラケシュで星空でも見てるはず。

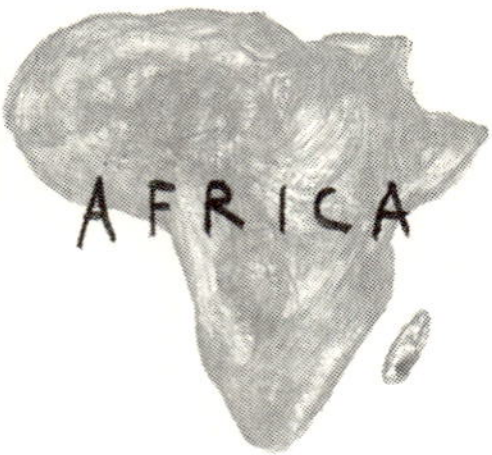

毎日がお祭り騒ぎ

4月14日

昨日の午後、パリに戻ってきた。

帰る日の朝、マラケシュのリヤドではストーブをたくほど寒かったのに、パリに着いたら暑くて驚く。

今回は、マラケシュ2泊、エッサウィラ2泊、そしてまたマラケシュに1泊というスケジュール。女子3人でのモロッコ珍道中だった。

マラケシュは、とにかく混沌《こんとん》としている。

スークの中は、本当に迷路のように道が入り組んでいて、今自分がどこを歩いているのか全くわからない。

はじめて行って道に迷ったら、まず間違いなく自力では抜け出せないと思う。

バイクや車、人々があっちからもこっちからも行き交って、呼び込みの声も多いし、正直、かなり疲れる。

モンゴルのウランバートルと同じくらい排気ガスがすごくて、もちろん、と言っていいのかわからないけれど、交通ルールも交通マナーも全くなく、その点ではかなり辛かった。

でも、一歩リヤドの中に入ってしまえば、そこは楽園。

昔の古いお屋敷をホテルにしたリヤドの中は、驚くほどひっそりとし、中庭には緑があふれ、花が咲き乱れている。

その、振り幅がものすごかった。

お買い物でちょっと一軒のお店に入っても、あっという間に1時間、2時間と経ってしまう。

お店の人たちは必ずおいしいミントティを出してくれるので、それを飲みながら、値段交渉をしたり、他の物を見せてもらったり。

お店で使っていたティポットやトレイまで買っちゃったりして、楽しかった。

モロッコに行ったら、腕時計を必ず外すこと。

それが、モロッコ流の旅の楽しみ方だ。

世界遺産になっているという、ジャマ・エル・フナ広場もすごかった。

もう、毎日がお祭り騒ぎなんだもの。

ちょうど夕暮れ時に行ったら、夕陽がすごくきれいで、泣きたくなった。

地上には屋台のテントがばーっと広がり、裸電球が光っている。

そこに、アザーン（イスラム教のお祈りの声）が響いて、とっても幻想的な雰囲気になる。

よく考えると、アフリカ大陸に立つのもはじめてなら、イスラム圏を旅行するのもはじめてだ。

確かに、モロッコにいると、太陽にひれ伏したくなる気持ちがわかる気がする。


夕陽を見た後に屋台で食べたカラマリは、間違いなく、私の人生における、№1だ。

おじさん達がひたすら魚を揚げ続けていて、揚げたてをすぐに食べさせてくれる。

同じようなお店がたくさんあるけれど、おいしいのは屋台の14番。

ここのカラマリを、最後の日にもう一回食べられなかったことが、心残りで仕方ない。

小さなイカに衣をつけて、カリッと揚げた、その揚げ具合が絶妙で、そこにたっぷりとレモンをしぼって手づかみでいただく。

今回は、超がつく高級ホテルのレストランでも食事をいただく機会があったけれど、なんとなく一番印象に残っているのが、14番の屋台で食べたカラマリだった。

マラケシュにお出かけの際は、ぜひジャマ・エル・フナ広場でカラマリを。

席は争奪戦になるので、強い意思を持って挑んでください。

マラケシュは、いろんな要素がミックスされているところ。

フランスの影響を受けているのでとてもエレガントな面がある一方、路地裏には猥雑な雰囲気がそこはかとなく漂っている。

確かに、ぼんやりと散歩はできないけれど、あの一種独特の緊張感も、醍醐味《だいごみ》のひとつかもしれない。

緊張して緊張して緊張して緊張して町を歩き、リヤドの中に足を一歩踏み入れた瞬間にリラックスする。

今回、残念なことにマジョレル庭園（イヴ・サンローランが愛したお庭）に行けなかったので、次回はぜひとも行かなくちゃ。

アルガンオイル

4月15日

マラケシュに2泊した後は、エッサウィラという海沿いの小さな港町へ。

マラケシュから、だいたい車で3時間くらい。

マラケシュを出たのが午後の遅い時間だったので、途中、見事な夕焼けに遭遇する。

何もない荒涼とした大地に赤々とした太陽が沈む様は、圧巻だった。

まさに、夕陽に向かって一直線に車で走る感じ。

エッサウィラは、とても小さくてかわいい町だった。

スークには車も入れないので、マラケシュのような嫌な感じの喧騒《けんそう》はない。

日本人だからといって、「ナカータ」だの「タカダノババ」だのと声をかけられることもなく、人々も素朴な感じでいい。

ここは、アルガンオイルの産地。

アルガンオイルは、この町の周辺だけでしか作れないそうだ。

作ると言っても、人間が手を加えられることはほとんどなく、木が自然に実をつけて自然に落ちるのを待つだけ。

その実を集め、外側の殻を剝《は》がし、更に内側の皮もむいて、それをすりつぶしてオイルを抽出する。

いくら同じような環境の土地を選んでアルガンの木を植えても育たないらしく、そういう意味で木の本数が限られるので、本物のアルガンオイルはどうしても値段が高くなる。

ちなみに、オイルを抽出した後のしぼりかすは、家畜の餌《えさ》や、お肌のパックとして使うので、無駄がないそうだ。

エッサウィラの周辺には、コーポラティブと呼ばれる共同のアルガンオイル工場が点在している。

そもそもアルガンオイルの抽出作業は女性達の手仕事で、女の人達の自立に大きく役立っている。

私たちが立ち寄ったコーポラティブは、未亡人と離婚した女性達が共同で働くところだった。

驚いたことに、すべて手作業でやっている。

実は、一個一個、丁寧に石臼《いしうす》ですりつぶしていた。

みんなが交代で一週間働いても、やっと小さいペットボトル1本分ほどのオイルしか生産できないとのこと。とにかく、気が遠くなるような作業だった。

アルガンオイルの使い方は二つあって、ひとつはお肌のケア用、そしてもうひとつは食用だ。

お肌用は熱を加えずに生のままオイルをしぼり、食用は焙煎《ばいせん》した実をしぼるので、ごま油に似た香ばしい匂いがする。

食用の方は、パンにつけたり、サラダを和えたり。

ホテルで働いている人にうかがったら、自分の家にも7、8本のアルガンの木があってそれを家族で使っているという。

昔はアルガンオイルしかなかったら、それを普通に暮らしの中で使っていたとか。

今は世界中から注目が集まって、とても貴重なものになっている。

そして、エッサウィラで2泊したホテルが、本当に本当にステキだった。

あんなに居心地がいいホテルは、世界中を探しても、なかなかない気がする。

高級というのではなく、とにかくオーナーのセンスがよくて、いるだけで幸せになる。

私は、次の次くらいの作品を、あのホテルに1か月くらい滞在して、書いてみたいな。

今回、エッサウィラに行って、小さな小さな、けれど本物の宝石の欠片《かけら》を見つけたような気がする。

次回は絶対にフェズも訪ねたい。

エマニュエルですよ。

4月16日

割烹《かっぽう》エマニュエルに行ってきた。

エマニュエル君は日本料理をこよなく愛するフランス人の男の子で、自分の部屋でパリ版「食堂かたつむり」をやっている。

音響の仕事で得たお金で、ちょこちょこと日本料理に使う道具などを買いたしながら、日々、独学で日本料理の研究に勤《いそ》しんでいる。

エマニュエル君の暮らすアパートは、偶然にも今私が借りているアパートの、通りを挟んで向かい側だった。

本当に一人暮らしの男子のお部屋に招かれた感じで、ベッドの横に小さなテーブルを用意してくれていた。

テーブルには、赤いテーブルクロスがかかっていて、なんかかわいい。

最初に出されたのが、胡麻豆腐《ごま》だった。

京都の一流料亭で食べた懐石料理に強い感銘を受けたというエマニュエル君は、本当に試行錯誤で日本料理を作っている。

でもまさか、パリで胡麻豆腐がいただけるなんて!

しかも作っているのは、素人《しろうと》のフランス人の男の子だ。

胡麻豆腐が大好きな私としては、期待半分、不安半分で口に含んだのだけど、一口食べた瞬間、不安の方は一気に吹き飛んだ。

おいしい! トレビアン!

胡麻豆腐の上にはちゃんとワサビがのっているし、下にはシソの葉っぱもしいてある。お醤油《しょうゆ》もすごくいいのを使っていて、本当に割烹にいるような気分になった。

胡麻豆腐の次は、スズキの薄造り。

ネットで手に入れたという刺身包丁を使い、スズキが薄く薄く切られている。

お見事だ。

3品目の前菜は、炙《あぶ》りシメサバ。

これが絶品だった。

サバの〆具合が絶妙なら、皮のあぶり加減も絶妙。

珍しい甘酒のお酢に漬け込んだ3色のトマトのマリネもおいしかったし、あとは、ちょこんと飾りでよそってくれた海苔《のり》の佃煮《つくだに》も美味。

「ごはんですよ。」のエマニュエル版なので、なんとなく「エマニュエルですよ。」と勝手にネーミングを考えてみた。

「エマニュエルですよ。」を炊きたての白いご飯にかけて食べたら、ものすごーくおいしいはず。

次に出してくれたのは、エマニュエル君の春の新作レシピ、グリーンアスパラガスのグリル。

生に近いくらいに軽く焼いたグリーンアスパラガスに、とろろ昆布と刻んだ行者《ぎょうじゃ》ニンニクがたっぷりかかっている。

この頃には2本目の白ワイン、1999年のシャブリもあいていて、招待してもらった食いしん坊な日本人4名は、かなり興奮して盛り上がっていた。

繊細なグリーンアスパラガスに、あえて個性のあるとろろ昆布と行者ニンニクを合わせたあたりがなんとも斬新。

でも、意外な組み合わせなんだけど、これがまたおいしいのだ。

そしてメインは、エマニュエル君のスペシャリテである、アカザエビとフォワグラの炊き合わせ。

フォワグラは昆布ダシと梅酒で煮たそうで、レモン汁とお醤油、みりんなどで味付けしたソースとの相性がとてもいい。

最後のエマニュエル風親子丼は、目から鱗《うろこ》のおいしさだった。

鳥肉の代わりに絹ごし豆腐を使っているのだけど、それを卵でとじた上に、ちょこっとカラスミが添えられている。

それがすごくいいアクセントになっていて、おいしいおいしい。

海苔も上等で、本当に、エマニュエル君、恐れ入りました。

デザートも食べてエマニュエル君の部屋をおいとまする頃にはもう夜中の1時近くで、もう本当に心から満たされた夜だった。


今、パリでは、おいしいと言われる多くのレストランで、日本人が活躍している。

私がパリで一番好きなフレンチのレストランも日本人シェフなら、今回はじめて行ったビストロもまた日本人のシェフだった。

フランス料理はフランス人シェフにしか作れない、という考え方は、もうとっくに過去のもの。

だから私たち日本人も、外国人が作る新しい感覚の日本料理を、もっともっと広い心で受け入れてもいいのかもしれない。

とにかく、エマニュエル君の日本料理に対する情熱に、胸が打たれた。

「エマニュエルですよ。」を、日本の友人みんなに食べさせてあげたい。

ブラボー！　割烹エマニュエル。

本当に、ごちそうさまでした。

マティス　4月17日

いよいよ、パリで過ごせる最後の一日。

最初は長いかなぁと思っていたけど、あっという間だった。


昨日は、ポンピドゥーセンターで開催中の、マティスの回顧展に行ってきた。

「マティス、対画と連作」と題された今回の展示は、マティスが同じテーマや題材を、色や手法を変えて繰り返し描いたとされる作品ごとに並べて展示するというユニークなもの。

そのために、世界中に散らばっていたマティスの作品が、一挙に集められたという。

絵としては、同時期に描かれた兄弟に再会できたようで、うれしいんじゃないかしら？

並べて見比べると、色彩の明るさが違ったり、お皿にのっている果物の種類が変わったりと、マティスがいろいろと試行錯誤を繰り返していたことがよくわかる。

そして、見比べると、明らかに、自分がどっちが好きかはっきりする。

どっちが好きかなぁと思いながら見るだけで、楽しかった。

それにしても、フランスの美術館には、いつも子ども達がたくさんいる。

学校の授業としてみんなで見にきているらしく、絵の前に座り込んで、熱心に模写をしているのだ。

それは、本当にすごいことだと思う。

だって、本物のマティスの絵を見ながら模写ができるんだもの。

こうやって、小さい頃から優れた芸術作品に触れることで、フランス人独特のすてきなセンスが身につくのだろう。

マティスは色彩の魔術師と言われるだけあって、色使いが本当に美しく、何度も何度もため息がこぼれた。

そしてマティスは、物事をとても肯定的にとらえていたように思えてならない。

この展示は本当に人気のようで、あまりに人が殺到したため、ポンピドゥーセンターの閉館時間が、マティス展に限って延長されたほど。

この機会に見に行けて本当によかった。

そして今日は、パリで過ごす最後の一日だ。

今から近所のマルシェに行って出始めの白アスパラをゲットし、その後ぶらっとケ・ブランリー美術館に寄って、それから大好きな人達といっしょに私の一番好きなレストランにランチを食べに行ってきます。

筍ご飯

4月20日

きのうの朝、無事に日本に戻ってきた。

3週間近かったので、最初はちょっと長いかなと思っていたのだけど、そんなことは全くなく。

あっという間に帰国という感じ。

空港に着いたとたん蒸し暑くて、毎度のことながら、日本は湿気の多い国だなぁと実感する。

ヨーロッパと比べると、水もかなり柔らかくて、優しい感じがする。

あー、楽しかった。

こういう、純粋な意味でのプライベートな旅行は、久しぶりだったかも。

私が不在の間に、極上の京都の白タケノコが届いたらしく、ペンギンが、人生初となるタケノコのアク抜きに挑戦した。

それで、帰国早々に筍《たけのこ》ご飯をこしらえた。

やっぱり、和食っていいなぁ。

フレンチもおいしいと思うけれど、私にとっては、特別な時のご馳走というイメージで、毎日食べられるものでは決してない。

パリでも、長く滞在するにつれて、納豆玄米ご飯が食べたいなぁと体が小声で訴えていた。


日本人にとってのタケノコのようなものが、ヨーロッパの人たちにとっての白アスパラガスなんじゃないかと思う。

冬が終わり、春を告げる食べもの。

これらを食べると、あぁやっと春が来たと、しみじみ実感できるのかもしれない。

私たちがいる間に、八百屋さんの店先に少しずつ白アスパラガスがお目見えし、みんな、首を長くして、いつ買おうかと目を光らせていた。

出始めの、ちょっと後くらいが一番おいしいのだとか。

この時期は、レストランに行ってもどこでも白アスパラが幅をきかせていて、みんなおいしそうに頬張《ほおば》っている。

熱を加えた白アスパラはジューシーで、火傷《やけど》しそうになりながらも熱々を口にするのが最高の幸せだ。

でも、日本人のタケノコも負けてはいなかった。

炊きたての筍ご飯に、なめこと椎茸《しいたけ》のお味噌汁、それに自分ちのお新香がほんのちょこっとあるだけで、贅沢《ぜいたく》な食卓になる。

そうそう、タケノコはアク抜きしたものをぬか漬けにしてもおいしいらしい。

だから、わが家のぬか床にも、今、白タケノコが眠っている。

ただ今、朝の4時半。

時差がどうのこうのという問題ではなくて、じつはこれから、取材のため石垣島に出張なのだ。

自宅にいられた時間は、一日もない。

どうせまた羽田空港に行くのだからそのままホテルに泊まろうかとも考えたのだけど、やっぱり戻ってきて正解だった。

だって、おいしい筍ご飯が食べられたもの。

そしてさっき、朝ご飯用に、ちょこっと筍ご飯のおにぎりも準備した。

というわけで、まだまだノマド月間が続いている。

ドラマになります！　4月23日

昨日の最終便で石垣島から戻ってきた。

ようやく、自分の布団と枕《まくら》でぐっすり眠れる。

やっぱり、自分ちが一番だ。

昨日は、黒島に行ってドラマの撮影現場にお邪魔してきた。

えーっと、この夏、『つるかめ助産院』が、NHKでドラマになることが決まったのです！

もちろん、私はもっと前から知ってましたけどね。

今、4話までの台本をいただいている。

つるかめ先生役は、余貴美子《よきみこ》さん。

まりあ役は、仲里依紗《なかりいさ》さん。

長老役は、伊東四朗さん。

昨日は、もうすぐ赤ちゃんが生まれそうなお母さんを乗せた車を、下の子ども達が自転車で追いかけるシーンを撮影中だった。

『食堂かたつむり』の映画の時も思ったけれど、やっぱり私は、スタッフさん達の多さに圧倒されてしまう。

もちろん、本だって、編集者さんや校正者さん、デザイナーさんなど、たくさんの人が関わり、私以外の多くの方たちのお力を借りて、ようやく誕生する。

自分ひとりの作品と思ったら、大間違いだ。

でも、映像を作る場合は、その数が半端じゃない。

私には、何を専門にしているのかわからないような方達が大勢いらして、でもその中の誰ひとりが欠けても成り立たない。

そうやって、大勢のプロフェッショナルな才能が集結し、ひとつの作品を作り上げている。

団体行動が苦手な私には、絶対に絶対に無理な作業だ。

文章で書いたらほんの一行かそこらのシーンも、撮影場所を吟味《ぎんみ》し、光を吟味し、言葉を吟味し、演技を吟味し、精魂込めて作り上げていく。

ほんの数秒のシーンを撮るのにも、何時間もかけて準備して、本当に根気のいるお仕事だ。

私だってもちろん、適当に書いたわけではないけれど、でも私の中で勝手気ままに「妄《もう》想《そう》」したり「想像」したりしたことが、実際の映像として再現されるなんて、なんだか贅沢なことだ。

すごいことだと思いつつ、あまりにすごいことすぎて、私にはまだ、現実味があんまりないんだけど。

でも私は単純にＮＨＫが好きなので、すごくうれしい。

『カーネーション』もよかったし、『開拓者たち』もすばらしかった。

今は、『平清盛』が日曜日のお楽しみ。

だから、ＮＨＫでドラマ化されるというのは、本当に本当に幸せな出来事。

冥土《めいど》の土産が、またひとつ増えちゃった。

ドライバーの皆様

4月25日

怒りのポイントというのは人それぞれあると思うけれど、私の場合、交通事故に対しては、本当に腸《はらわた》が煮え返るほどの憤りを覚えてしまう。

無意識の事故だって許せないのに、ましてや飲酒運転や居眠り、無免許の場合は、絶対に許せない。

犯した罪に対して、あまりにも罰が軽すぎるんじゃないかと思う。

先日京都で起きた事故もそう。

ひどすぎる。

2人が亡くなったとされているけれど、実際は3人だ。

重症の子もいる。

18歳だから、とか、無免許であるにもかかわらず運転能力があったから、とか、本当に意

味がわからない。

弱い立場の人を守れなくて、何が法律なのだろう。

全く理解できないことが起きている。

私は、車を運転しない。

乗るのも、あんまり好きじゃない。

でも、歩いていると、日々、危険を感じる。

常に危険を察知しながら歩かなくちゃいけないし、自分の身は自分で守るしかない、と強く意識させられる。

歩行者が、自らヘルメットをかぶって歩かなくちゃいけない時代がくるようで、空恐ろしくなる。

政治家の方には、ぜひとも、自動車のための道路ではなく、歩行者が安心して歩ける安全な道路の整備に、税金を使ってほしい。

自転車に乗れば歩いている人が邪魔に思えるだろうし、自動車に乗れば、自転車や歩行者が邪魔に思える。

車に乗っているだけで、なんだか自分が強いような気分になるのは、ある意味当然のことかもしれない。

先日も、横断歩道で信号を渡ろうとして、ひやっとした。

私の反対側から同じように女子高生が信号を渡ろうとしたのだけど、そこに、すごい勢いで乗用車が突っ込んできたのだ。

本当に、寸前のところで急ブレーキがかかって事故には至らなかったものの、ちょっと間違っていたら、女子高生ははねられていた。

しかもその後、信じられないことが起きた。

車を運転していた中年女性が、すごい剣幕で女子高生をにらみつけ、暴言を吐き捨てて走り去ったのだ。

本当に意味がわからない。

どっからどう見ても、悪いのは車を運転していたおばさんの方なのに。

その場にいた人全員が、啞然として顔を見合わせた。

もちろん、ドライバーの方が皆、そういう人というわけではない。

でも、こういう身勝手なドライバーが多いのも、事実だと思う。

信号のない通りを渡ろうとしていても、止まってくれるドライバーは、数少ない。

私の印象だと、カナダやドイツでは、もっと歩行者に優しかった。

日本では、歩行者優先という大原則が、絵に描いた餅《もち》になっている。

地球に負担をかけず、空気を汚さないで移動している歩行者は、もっと大切にされていいはずなのに。

カーナビが進歩したおかげで、どんな細い生活道路にも、容赦なく車が入ってくる。

時々、勘違いしたバイクや車が、一般道を猛スピードで走ったりする。

ストレス解消のため、とか趣味のため、だったら、レース場とか、人に迷惑のかからないところでやってほしい。

そういう愚かなドライバーに出会うと、本当に悲しくなる。自分勝手も、いいところだ。

何の罪もない人が、ある日突然無免許の少年が運転する車にはねられ、亡くなったとしたら、家族は、どう心の整理をつければいいのだろう。

ほんの軽い罪しか問えないとしたら、どこに怒りをぶつければいいのだろう。

ドライバーの皆さんは、自分も人を殺してしまう可能性があることを、いつも忘れないでいてほしいと思う。

お宝自慢

4月27日

なるべく物を増やさないようにしようと常々心がけてはいるけれど、見るとついつい身の周りに置きたくなってしまう。

今回の旅でもまた、いろいろ連れて帰っちゃった。

バケツは、マラケシュの骨董街で出会った。

銅でできていて、表面に、金と銀の細工がとても丁寧に打ちつけてある。

かなり細かい手仕事だ。

もう、すぐに一目ぼれしてしまい、手放せなくなっていた。

ワインクーラーにしたら、すごくいいかも。

でも、マラケシュからパリ、そしてパリから日本に持って帰るのは、大変。

当然スーツケースになんか入らないから、ずっと手荷物として大事に抱えて持ってきた。

ひやりとしたのは、パリのシャルル・ド・ゴール空港での、出国の際。

手荷物検査でエックス線を通す時、女性係官が、意味ありげにずーっと私のバケツを見つめていたのだ。

もしや、凶器扱い???

せっかくここまで大切に持ってきたのに、没収されてはたまらない。

神様、どうかお願いします。私は絶対にこのバケツを振り回して、誰かに危害を加えるような真似はいたしません！　と心の中で誓った時、女性係官が一言、「beautiful」とつぶやいた。

あぁ、よかった。

その後、私ならこれにお花を飾りたいわね、とかなんとか言っていたけど、私はすぐさまバケツを取り返して、両手で抱きしめたのだった。

無事、モロッコから連れて帰れて、ほんとにうれしい。

お盆も、バケツと同じ骨董街のお店で見つけた。

ほこりまみれになって売られていたけど、拭《ふ》くと、すごくきれいな植物の模様が彫られていた。

マラケシュは、路地裏に入ると、こういう手仕事をする作業場のような場が所せましと並んでいて、カンカン、カンカン、おじさんが年季の入った手でひとつひとつ作っている。

結構弱い物なので、マラケシュからパリへの移動中に一度へこんでしまったのだけど、東京に戻ってから木槌《きづち》で叩《たた》いて自力で直した。

モロッコでは、よく、こういうのにミントティをのせて、使っている。

半径一メートルくらいもありそうな大きいお盆もあって、とってもすてきだった。

モロッコの雑貨は基本的に手作りで、リクエストすれば、なんでも簡単に作ってくれる。

今回は無理だったけど、次回はぜひとも、ヤカンを買って帰りたい。

あと、ティポットもすごくきれいなのがたくさんあった。

雑貨好きにはたまらない、ワンダーランド。お宝に出会えたら、幸せです。

パリで出会ったのは、ペーパーナイフだ。

ずっと、使い勝手のいいペーパーナイフを探していた。

小さいのは、パリの街角にあったナイフ専門店で。

イタリア製で、ミニチュアなんだけど、紙を切ってみたら切れ味がよかった。

白いお月様みたいな形のは、ヴァンブの蚤の市で。

数あるペーパーナイフの中から、一番持ちやすいのを選んだ。

そして、天使がついている金のペーパーナイフは、伊藤ハンスさんの小部屋にお邪魔した時に、私が譲り受けたもの。

これも、古いアンティーク。

ナイフをコレクションしようとは思わないけど、ペーパーナイフのコレクションには、ちょっと興味があるかもしれない。

それぞれ、開ける封筒の紙質によって使い分けている。

ちなみに、ペーパーナイフの受け皿として使っているのは、マラケシュで買った石鹸《せっけん》受け。

ホテルで使われていたのがあまりにすてきで尋ねたら、帰る日までに用意してくれたのだ。

そしてモロッコに行ったら絶対に外せないのが、カゴ。

もう、至るところにカゴ、カゴ、カゴ、カゴ、カゴだらけ。カゴ愛好家の私としては、たまらなかった。

ピンからキリまでいろいろあったけど、私は長く使いたいので、お値段的にはちょっと高めのを二つ購入。

二つとも、上手に革と組み合わされていて、かなり使いやすい。

それから、マラケシュのスパイス広場で見つけた、パンカゴ。

パンを入れるのに使おうと思ったけど、南の島の果物をのせても、ぴったりだった。

ここのお店のおばさん、怖かったなぁ。

三つまとめて買って、千円くらいだったかしら？

モロッコのお買い物は、高級ブティックで買う以外は定価がないので、いちいち値段交渉をしないといけず、その点ではかなり疲れる。

でも、モンゴルに行った時もそうだったけど、よくよく考えればそんなに値切らなくても十分安い金額なのに、それでもがんばって値段交渉をしちゃうのは、どういう心理なのかしら？

いまだに、モロッコの物価が高かったのか安かったのか、わからない。

ホスハズロウ

5月2日

不忍池《しのばずのいけ》に行ってきた。
ほとりには、いろんな人がいる。
あるホームレスの男性は、手すりに目いっぱい、洗濯物を干していた。
その横で、サラリーマンが居眠りしながら日光浴。
お池の上では、カップルがはしゃぎながらスワンのボートを漕いでいる。
あぁ、本当にのどかだ。
私も、ぼーっと池の方を眺《なが》めていた。
ところが、気がつくと、目の前にスーツを着たちっちゃなおじさんがいる。
そしておじさんは、いきなりカモの解説をし始めた。

「ほれ、そごさいるのが、ウミネコ」

「ウミネコ？　え、どれ？」

「だがら、口が黄色いの、いるべした」

「はぁはぁ」

「ほんで、そごさいるのが、ユリカモメ」

おじさん、明らかになまっている。

いきなりの出現に驚いたものの、鳥好きの私としては、せっかくの機会を逃したくない。

ふむふむと、たまにノートにメモを取りながら、熱心にレクチャーを受ける。

「ここにはな、カモだげで7種類いるの。知ってっか？　んだげっど、もうすぐ飛んでっちまうべ。カルガモ以外は、渡り鳥だがら」

「そうなんですね」

「ほら、あれがオナガだべ。あと、ほれ、そごさいるのが、ホスハズロウ」

「え？　星八郎？？」

「ちがうってば、ホスハズロウ、キングロハズロウも、あっちさいるよ」

「星八郎さんに、金黒八郎さんですか？？」

「んだがら、ハズロウだってば、ハズロウ」

このやりとりを繰り返すこと、数回。

ついにあきれ果てたおじさんが、青空に字を書いて教えてくれる。

なんと、私が「八郎」だと思っていたのは、「羽白」の間違いだった。

それにしてもこのおじさん、どっからいらしたのかしら？

きっと、東北の山奥から夜行電車に乗って、朝、上野に着いたに違いない。

と勝手に決めつけ、なんとなく聞いてみた。

「おじさんは、今朝、東京に着いたんですか？　ご出身はどちらですか？」

するとおじさんから、意外な答え。

「私はね、東京の霞が関から、さっき来たとこよ」

「ん？　じゃあ、霞が関には、どちらからいらしたんですか？」

「だから、東京の霞が関だってば！　東京から、来たの。あのね、東京出身者でも、なまってる人間はいるんだよ！」

ちょっと、怒らせてしまった。

その後もおじさんの話は続き、テーマは日本の歴史に。

どうやら、かなり詳しい歴史おじさんだった。

そして、またいつの間にか、颯爽《さっそう》といなくなっていた。

不忍の池のほとりで、謎《なぞ》の、鳥&歴史おじさんに出会ったというわけ。

本当に、どこから現れたのだろう。

それにしても、ホスハズロウって……。

歩きながらでも電車の中でも、思い出すたびにニヤニヤと笑ってしまうので、今、かなり困っている。

ホスハズロウ、正確には、「星羽白《ほしはじろ》」。

演歌歌手ではなく、れっきとしたカモの名前でした！

ヒョウが　5月7日

ゴールデンウィーク最後の日、うちにららちゃんが遊びにきた。

小学生になったららちゃんに会うのは、はじめて。

急にぐーんと背が伸びていて、なんだか、タケノコみたいでおかしかった。

自分のことを、「ららちゃん」ではなく「わたし」と言うようになっていたし、ママという呼び名も、「おかあさん」に変わっていた。

子どもってすごい。

大人がぼーっと過ごしている間に、どんどん吸収しておませさんになっていく。

話しぶりも、一年前のたどたどしさなどどこへやら、もう大人と同じように口が達者だ。

ららちゃんは、きちんと敬語も使い分けてしゃべっている。

でも、まだまだかわいい一面もあって、ホッとする。

話の流れで、私が、「今日はね、ヒョウが降るらしいよ」と何気なく言った時だ。

「怖い……」

ららちゃんの表情が、一変した。

「ほんと、怖いよねぇ、ららちゃん、当たらないように気をつけてね」

私が言うと、「うん……」心細げに返事をする。

そして、もう一度「怖いよう」と言ってから、おもむろに床の上で四つん這《ば》いになった。

ガォォォォオ、なんて言っている。

「だって、ヒョウが降ってくるんでしょ」

そこで、ようやく理解した私。

なんとららちゃん、空から本物の豹《ひょう》が降ってくると思ったらしい。

そりゃあ、確かに怖いよねぇ。

「えーっと、動物のヒョウじゃなくて、氷のかたまりのことだよ」

教えてあげたら、少しホッとしたみたい。

確かに、知らなかったら、豹が降ってくると、思っちゃうかも。

でも、本当に雹《ひょう》が降るかなぁ、なんて疑っていたのだ。

青空が一変したのは、ららちゃん達を送り出した、3時過ぎのこと。
急に空が真っ暗になり、突然激しい雨が降り始めた。
そして、少ししてから、本当に雹が降ってきた。
しかも、憎しみがこもっているみたいな、すごい降り方。
モンゴルでも、いきなり大粒の雹が降ってきて、怖かったことを思い出す。
まるで、ゲルのテントを打ち破りそうな勢いだった。
ららちゃんにとっては、人生初の雹。

夕方のニュースで、竜巻のことを知って青ざめた。
本当に、昨日の雹は、豹よりもっと怖かったかもしれない。
ここ数年の、極端な空の変化は、尋常ではない。
私にはどうしても、空の神様が怒っているようにしか思えない。
何か、大切なメッセージのように思えてならないんだけど。

カキツバタ

５月17日

ＫＯＲＩＮ展を見に、根津美術館に行ってきた。

１６５８年から１７１６年まで生きた尾形光琳《おがたこうりん》が絵を描き始めたのは、30代の半ばからだという。

それから数年ほど経って、40代の中頃に完成させたのが、国宝になっている「燕子花図屏《かきつばたずびょう》風《ぶ》」。

そして、50代になって制作したのが、「八橋図屏風」で、こちらはニューヨークのメトロポリタン美術館に収められている。

ふだんは海を隔てて存在する二つの屏風を、今回は並んで見ることができた。

しかも、その２枚が再会するのは、じつに１００年ぶり。

そして、次にまた２枚が並ぶのは、また１００年後らしく。

１００年に一度の貴重な再会を見ようと、かなり大勢の人が集まっていた。

「燕子花図屏風」は、想像していたよりもずっと大胆で、迫力のある作品だった。

花弁の濃紺もすーっと伸びる葉っぱも生き生きとしていて、胸にすとんと飛び込んでくる。

金地の画面いっぱいに、カキツバタが描かれていた。

それに対して、およそ10年後に制作されたという「八橋図屏風」の方は、カキツバタの花といっしょに橋も描かれていて、より洗練されている。

パリのポンピドゥー美術館で見たマティス展もそうだったけれど、同じ題材で描かれた作品を並べて見較《みくら》べることで、わかることがある。

何より、作品同士が再会を喜んでいるような、そんな印象を受けるのだ。

作品を見た後に、お庭を散策した。

なんて気持ちのいい！

ゆらゆらと木漏《こも》れ日《び》が踊り、小鳥たちが楽しそうに鳴いている。

新緑が豪快に茂っていて、ここが都会の真ん中だなんて思えない。

そして、池に行ったら、見事なまでのカキツバタ。

楚々《そそ》として、でもどこか凜《りん》としている。

しみじみと、佇《たたず》まいがきれいな花だ。

春風亭一之輔さん

5月20日

春風亭一之輔《しゅんぷうていいちのすけ》さんの披露興行を見に、国立演芸場に行ってきた。

一之輔さんは、今回、21人抜きで、二つ目から真打に昇進した落語家さんだ。

古今亭駒次《ここんていこまじ》さん、兄弟子にあたる春風亭 柳朝《りゅうちょう》さん、春風亭勢朝《せいちょう》さん、師匠の春風亭一朝《いっちょう》さん、落語協会最高顧問の三遊亭圓歌《さんゆうていえんか》師匠がそれぞれ落語を披露し、最後のトリで一之輔さんが登場する。

間には、一之輔さんを真ん中にして、5名の落語家さんが並び、口上を述べる時間などもあり、観客もいっしょに三本締めをしたりして、ふだんとは違う寄席の雰囲気が味わえた。

私は、この口上のシーンに、なぜだかぐっときた。

一之輔さんは、大学卒業後に、一朝さんの元に弟子入りした。

最初は弟子として、兄弟子さんのお宅に行って、着物のたたみ方やお茶のいれ方なんかを教わるのだそうだ。

ただ、一口にお茶をいれると言っても、それぞれの落語家さんによっていろいろお茶の好みがあり、どの人にはどんなお茶を、というのをすべて頭にいれなくてはいけない。

そういうのをすべて経て、二つ目になり、真打になれる。

しかも、21人抜きということは、今まで先輩だった兄弟子達を差し置いての昇進ということで、内実、穏やかではないこともたくさんありそうなのに、周りの兄弟子達も気持ちよく祝福している空気が伝わってきて、それもすべて、一之輔さんの実力がそうさせているのだなぁ、と思うと、気持ちが温かくなった。

いよいよ真打として登場した一之輔さん。「五人廻し」という廓噺《くるわばなし》を披露する。

びっくりした。

神がかっているというか、狂気を感じるというか。

きっと、普段の一之輔さんと高座にあがっている時の一之輔さんは、別人なんだろうなぁ、と思った。

人によっては、普段の空気感そのままに落語をする方もいらっしゃるけれど、一之輔さんの場合は、全く別。

スイッチが入ったみたいに、観客全員を、一瞬にして吉原の世界へと連れて行ってくれる。

口の悪い客、気色の悪い客、高慢な客、田舎者の客、遊女、お大尽とキャラクターを変えて演じるあたりは、別々の俳優さんの演技を見ているような錯覚になる。

落語をやるために生まれてきたような、落語をやらなくちゃ死んでしまうんじゃないかと思わせるような、そういう鬼気迫る雰囲気があった。

それにしても、落語って不思議。

同じ演目でも、話す人によって、全然違うんだもの。

表情、間の取り方、声、それはもう、食べ物の好みといっしょで、肌に合うとか合わないとか、そういうレベルのような気がする。

そして、一之輔さんの落語は、なんとなく、肌にすーっとなじむ。

急に頭の中が真っ白になったらどうするんだろう。

自己紹介をするだけで緊張してしまう私にしたら、高座にあがって一人でしゃべるなんて、想像するだけで全身から脂汗が出る世界だ。

だって、大勢の観客を相手に、自分の話芸ひとつで勝負するのだ。

ライブだから、何が起こるかもわからない。

でも、だからこそ努力して努力して努力して努力して、その恐怖を克服するんだろうな。

一之輔さん、すごい！

真打披露も、通常40日のところを、一之輔さんに限っては、50日間毎日行う。
しかも、日によって演目も変えているとのこと。
私が行った昨日が49日目で、今日が最終日だ。
かつて落語は、高座の左右に2本の蠟燭《ろうそく》を立てて行われていた。
その明かりを、最後のトリの芸人が打ち消す。
芯を打つ、だから真打。
圓歌師匠が、教えてくださった。

読書しに

5月28日

高尾山へ。

昨日、電車の中で石川直樹さんの『全ての装備を知恵に置き換えること』を読んでいたら、むしょうに山に登りたくなってしまい、一夜明け、さっそく出かけた。

一番近くにある山が、高尾山だったというわけだ。

高尾山口から、川に沿って作られた登山道を、てくてく。

平日だからか、朝の早い時間だったからか、ほとんど人はいない。

見上げれば新緑の天蓋《てんがい》が広がっているし、いつもすぐ近くに小川が流れているから、すごく気持ちいい。

早く登ることが目的ではないので、ゆっくり、ゆっくり、味わいながら頂上を目指す。

ポケットには、もちろん、『全ての装備を知恵に置き換えること』。

気持ちの良さそうなベンチを見つけては、ページをめくる。

なんて、すばらしい本なんでしょう！

この本は、旅行に行く時、常に持って行きたい。

石川さんの人生初の海外一人旅は、インドだそうだ。それも、17歳、高校生の時だ。

そこから始まって、北極、南極、エベレスト、ありとあらゆる場所を、自分の足で歩いている。

しかもすごいのは、さすらいの旅人という感じではなく、しっかりと東京に軸足を置いて、それでいて世界中への旅を続けているということだ。

気負った感じが全然ない。

ちびちびと読書したりビスケットをかじりながら、ようやく頂上に着いた。

山頂には、きれいで清潔な水洗トイレもできていて、かなり快適だ。

それから今度は別のルートで下山して、再び榧《かや》の木の下のベンチで、読書タイム。

なんとなく、高尾山より富士山に登る方が高尚なような気持ちになっていたけど、富士山じゃこんなふうに読書しながら登ることはできないし、高尾山には高尾山のフレンドリーな魅力があって、要は本人の気持ち次第なんじゃないかと思った。

しばし本を置いて瞑想《めいそう》していたら、普段の恰好にハンドバッグをさげて登ってきたおばさんが、とても不思議そうに見て行った。

本当に、皆さん、気楽な感じで登っている。

耳が慣れてくるといろんな鳥の声が聞こえてきて、風も香ばしく、うんと気持ちが満ちてきた。

下りは蛇滝《じゃたき》の方まで降り、ぐるりと遊歩道を歩いて駅に戻った。

低い山だし、そのまま続けてもう一回登れそうだったけど、今日は一回だけにしておく。ものすごく早い時間に起きて、夜明けと同時くらいに登り始めたら、もっと空気が澄んでいて、気持ちいいんじゃないかしら。

本の最後に、「旅の原点はただ歩き続けることだ。」とあった。

「何も持たず、黙々と歩き続けること。全ての装備を知恵に置き換えて、より少ない荷物で、あらゆる場所へ移動すること。（略）ある晴れた日、思い立ったらザックひとつを背に歩き出せばいい。」

湯島散歩　6月7日

最近、しみじみと、いい町だなぁ、と思っているのが、湯島。

色気のある町だと、行くたびに感じる。

近くには、上野があって、不忍池があって、かなり猥雑なんだけど、坂を上がるにしたがって、落ち着いた、上品な雰囲気になっていく。

人と待ち合わせをするのに便利なのは、なんといっても湯島天神だ。

絶対に、どんなに土地勘がなくても、湯島天神ならわかる。

ちょっとした雨ならしのぐことができるし、少し早く着いてしまっても、ぶらぶらしていれば時間が過ぎる。

梅の木もたくさん植えられていて、気持ちがいい。

そんな大好きな湯島を、夏の着物に袖《そで》を通して、てくてく。

『七緒』という着物の雑誌の、「着物で散歩」で取材をし、文章を書かせていただいた。

この一日は、本当に本当に楽しかった。

私が本当に本当に大好きなカフェや、しっとりとした素敵な日本酒バー、昔ながらのお煎《せん》餅《べい》屋さん、親子丼がめちゃくちゃおいしいお店、かわいい雑貨屋さんなどなど、いろんなところに行かせていただいた。

江戸文字の第一人者、橘右之吉《たちばなうのきち》さんのお店では、伝統的な手法で消し札まで作ってもらい、湯島を満喫。

取材中に歩いていても、気になるお店なんかがいくつもあって、歩いているだけで楽しくなる。

もしかすると、谷根千《やねせん》エリアには結構足を運んでも、おとなりの湯島に行く人は、あんまりいないのかもしれない。

とにかく、今、私の中で一番好きな湯島。

地図を片手に、町歩きを楽しんでいただけますと幸いです。

野鳥　6月15日

軽井沢にある野鳥の森に行ってきた。

ここは、約100ヘクタールもある自然の森。

散策路の入り口には、中西悟堂《ごどう》という人の銅像がある。

歌人・詩人でもあった悟堂さんは、軽井沢に逗留《とうりゅう》し、軽井沢の自然を守るのに力を尽くしたらしい。

悟堂さんが、日本野鳥の会を創設した。

驚いたのは、それまで、日本には「野鳥」という言葉が存在しなかったということ。

つまり、昭和9年に日本野鳥の会が発足するまで、「野鳥」という概念がなかった。

野に飛ぶ鳥たちは、食べるか、捕まえるかのどちらかだったという。

今は、こんなに定着しているのに。

それを聞いてなんとなく、「民藝《みんげい》」と似ていると思った。

「民藝」もまた、柳宗悦《やなぎむねよし》らが提唱するまで、なんの価値も置かれていなかったのだから。

あるがままに空飛ぶ鳥を愛《め》でる、という意識を広めた悟堂さんは、偉大な人だ。

銅像の肩に、ちょこんと鳥の像がくっついているのが、かわいかった。


すでに新緑が生い茂っているので、なかなか鳥の姿を探し出すのは難しかった。

それでも、ピンポイントで双眼鏡の丸い枠に鳥の姿がとらえられると、本当にワクワクした。

なかなか見つからないからこそ見つけた時の喜びがひとしおで、まさに、宝物を見つけた気分になる。

熊よけの鈴をカランカランと鳴らしながら、森の中を2時間、たっぷり歩いてきた。

バードウォッチングのこつは、まず鳥の声に耳を澄ますこと。

そして、その鳴き声がどの鳥のものかを頭に入れる。

そうやって、鳴き声のする方を見て、姿をとらえる。

だから、まずは鳴き声を覚えることから始めなきゃ。

ムササビが見られたのも、ラッキーだった。

昼間は巣で寝ているはずのムササビが、巣穴から、顔だけちょこんと出していた。

キョロキョロ、でも、クンクン、でもなく、とにかく眠そうに、身動きひとつせずぼーっとしている。

まばたきひとつしないで、大きな丸っこい目で、じーっと宙の一点を見つめていた。

その姿が本当にかわいらしかった。

飛ぶ時は座布団くらいの大きさまで広がるというムササビだけど、巣も、その出入り口となる丸い穴も、驚くほど小さい。

森には、動物の不思議も、植物の不思議も、いっぱいある。

知らないことばっかりだ。

私が長年あこがれている、スワロフスキーの双眼鏡。

『リボン』が完成したら、買おうかなぁ、なんて考えている。

小さくなって

6月25日

先日、つるかめドラマの撮影現場に行ってきた。

スタジオの中に、ほぼ丸々一軒、助産院が再現されている。

中庭を取り囲むような造りになっていて、つるかめ先生やまりあの部屋、食堂、台所なんかが造られていた。

玄関にかけられている木の看板は、海風に吹かれて古びた感じがにじみ出ているし、助産院の中の床の、砂がざらついている感じも、まさに南の島の情緒がたっぷりだった。

それに、照明とは思えないほど光がリアルで、中庭に夕陽が差し込んだりすると、本当に、自分がどこにいるのかわからなくなりそうになる。

光によって、空気までが湿ったように感じられてしまうから、不思議。

今回は、つるかめ先生役の余貴美子さんや、まりあのお母さん役で出演される賀来《かく》千香子さんにもお会いできた。

賀来さんがお手紙を読むシーンがあったのだけど、声を聞いているだけで、涙が出そうになってしまう。

毎回思うけれど、役者さんって、本当に大変な職業だ。

まりあ役の仲里依紗さんも、かわいらしかった。

コペン経由

6月29日

昨日の夜、コペンハーゲンに到着。
今年の夏も、ベルリンで過ごす。
コペン経由の飛行機だったので、せっかくだからと、降りてみた。
ここに3日ほど滞在し、いざ、愛しのベルリンへ。
今回は、丸々3か月だ。
ちょっとした、引っ越しの気分。
コペンは、なんとなく洗練されている印象を受ける。
全体的に、引いている感じ。
優しくて、色彩が穏やかだ。
煉瓦《れんが》造りの建物が多く、古い歴史を感じさせる。

シーフードがおいしいのが、うれしい。

さっそくお昼に、名物のオープンサンドウィッチを食べてきた。

薄いパンの上に、サーモン、たらこ、小エビ、カニが盛り付けてあり、そこにちょこっとフェンネルが添えてある。

サーモンはたっぷりと脂がのっていて、味わい深い。

ペンギンも、大満足。

昨日行ったベトナム料理の店のシーフードプレートもなかなかだった。

ベルリンに行ったら、海の幸は食べられないので。

ただ、噂《うわさ》では聞いていたものの、物価はかなり高く感じる。

税金が高いんだろうな（消費税は、25％）。

バスが、ちょっと乗るだけで360円。2リットル入りのお水のボトルも、1本360円くらいする。

東京の、1・5倍くらいの感覚かしら。

あんまり長くいると、破産してしまう。

さっきまで、かなり激しく雨が降っていたのだけど、今はもう上がって気持ちよく晴れている。

今回は残念ながらＮＯＭＡの予約は取れなかったけれど、コペンには他にもおいしいレストランがたくさんあるそうなので、楽しみだ。

夜は、10時くらいまで、ぼんやり明るい。

ルイジアナ現代美術館へ　6月30日

コペンハーゲン3日目。

早く目がさめたので、インフォメーションの一角にあるベーカリーに行って、朝ご飯を食べる。

その後、ルイジアナ現代美術館へ。

中央駅から、Helsingør《ヘルシンオア》行きの電車に乗って、Humlebæk《フムレベック》で下車。だいたい、30分くらい。

改札もない、小さな駅だった。

駅からは、住宅地をてくてく歩く。

道々に続く家が、どれもかわいらしい。

ルイジアナ現代美術館は、世界で一番美しいといわれている、らしい。

確かに、海沿いに建っていて、いろんなドアからすぐに庭に出て散歩することができる。

どこを切り取っても、絵になる場所ばかりだ。

ちなみに、対岸に見えるのは、スウェーデン。

途中、おなかがすいたので、カフェに行って腹ごしらえ。

ローストビーフのサンドウィッチが、おいしかった。

ペンギンが選んだビュッフェも、野菜がたっぷりで、かなり洗練されている。

どこからでも海が見渡せるような造りになっていて、内装もすてき。

中には、お昼からワインやビールを飲んでいる人達もいる。

自分達でお弁当を作ってきて、外で食べるのもオッケーだ。

中庭にも遊び心がいっぱいで、いろいろ見つけながら歩くのが、また面白い。

森の中には、滑り台があったりして、子どもも大人も、大満足。

個人的には、ジャコメッティの部屋が好きだった。

大きな空間を、ジャコメッティの作品が、贅沢に占領している。

背後には池が見えて、作品がすごく大切に扱われていた。

本当に世界で一番美しいかどうかは、人それぞれだからわからないけれど、私がこれまで行った美術館の中では、確かに、一番美しいかもしれない。

とにかく、海をのぞむ庭や森が気持ちよくて、思う存分じっくりとアートを楽しめる。

ひとりで行って、本を読んだりしながら一日ぼーっと過ごすというのも、いいかもしれない。

実は、コペン滞在はもっと短くてもよかったかな、なんて思っていた。

でも、ルイジアナ現代美術館に行って、コペンに対する好感度がぐーーーんとアップした。

今夜は、おいしいタイ料理を食べに行く予定。

そして一晩寝たら、明日の朝にはいよいよベルリンだ。

ふふふ、今回は、集中して仕事をしようと目論んでいる。

I love Berlin　7月1日

無事、ベルリンにたどり着いた。

なんだか、ホッとする。本当はそうではないはずなのに、故郷に帰ってきたような、安心感がある。

コペンハーゲンだってきれいなところがたくさんあるし、いい町だったけれど、ずっとそこにいるというイメージはあまり抱けなかった。

でも、ベルリンは違う。空気感としか言いようがないけれど、やっぱり特別な町だ。

今回借りたのは、広いロフト形式のアパート。

ギャラリストがオーナーなので、部屋の至る所に面白い作品が飾ってある。

オーナーは、今日からニューヨークに行ったとか。

静かな環境だし、なかなかいい感じ。

とりあえず近所を把握しようと、ランチに出かけてみた。

カフェが、いっぱいある。コーヒーを飲むのには、困らなそうなので一安心だ。

それぞれのカフェで、カフェラテの値段をチェックしながら歩いた。だいたいどこも、一杯2ユーロちょっと。

鼻をくんくんきかせて一軒のカフェに入ったら、大正解だった。

ショートパスタ入りのスープとサマースペシャルサラダとキッシュを食べる。

サラダを食べていたら、中に、めざとくネギを発見した。

実は、ネギが欲しかったのだ。でも今日はあいにく日曜日で、スーパーもマルシェもやっていない。

日本だったらそんなことは最初からあきらめるけれど、ここはベルリン。

聞くだけ聞いてみた。

「グリーンオニオンを、ほんの一本でいいので、分けてもらえませんか？」

すぐにお店のお姉さんが、奥の厨房《ちゅうぼう》からネギを一束、持ってきてくれる。

お金を払おうとしたら、いいの、いいの、とのことで、結局、ただでもらってしまった。

こういうことが普通に成り立ってしまうのが、ベルリンっぽい。

この、すーっと肩の力が抜けた感じがたまらないのだ。

それにしても、なんなんだろう、この居心地の良さは。

今まで、流れるプールを逆向きに泳いでいたのが、突然向きが変わって、流れに沿って泳いでいるみたいだ。

すーい、すーい。

とっても楽ちん。

ネギが手に入ったので、今夜は、ワカメ蕎麦を作る予定。

今回は、スーツケースに丸々一個分、ぎっしり食料が入っている。

鍋貼

7月3日

昨日は、サッカーのUEFA EURO 2012でスペインの優勝が決まった瞬間、花火が打ち上げられていた。

音は近そうなんだけど、建物で見えない。

ドイツは、準決勝で負けたので、ちょっとしらけムード。

サッカーバーに行って見ようかとも思ったけれど、テレビで観戦した。

アパートの下の階の人達は、ベランダでバーベキューをしながら見ていて、楽しそうだった。

今日は、枕を買いにシャルロッテンブルクへ。

ドイツ贔屓《びいき》の私だけど、枕だけはどうも受け入れられず。

ホテルなんかでも、たいていドイツの枕は、正方形でふわふわと柔らかい。

ソフトな座布団というか、クッションというかで、日本人からすると、どうも枕っぽくない。

そういえば、去年も枕を買ったのだった。次回からは、忘れずに持ってくるべし。

シャルロッテンブルクは、去年、住んでいた地区だ。

ザ・西側で、ハイソな雰囲気。

おしゃれでかっこいい人たちが多くて、すてきなお店がたくさんある。

今住んでいるのは、まさに壁があった近くで、若者が多いところだから、同じベルリンでもだいぶ感じが違う。

シャルロッテンブルクには2か月も住んでいたので、本当に懐かしかった。

去年は、エレベーターなしの4階だったから、階段の上り下りが大変だったなぁ、とか、いろんなことを思い出す。

せっかく行ったので、お昼は、去年頻繁に足を運んだ台湾料理店へ。

絶品のスーラー麺と、焼きギョウザを食べる。

焼きギョウザは、「鍋貼《グオティイエ》」。そうそう、そうだった。

これとビールがあるだけで、最高に幸せだったっけ。

食後に、お庭がすてきな文学館カフェに行ったら、去年と同じおじいさんギャルソンがメニューを持ってきてくれた。

向こうは全然覚えていないだろうけど、再会できて、うれしくなる。

ドイツ版、ドラえもんみたいな、とってもかわいいおじいさんだ。

文房具屋のおばさんも、ホームレスのおばさんと犬も、ワイン屋のお兄さんも、去年と変わらず同じ場所にいる。

なんだか、ずーっとここに住んでいたみたいだ。

最初はよそよそしかった仮のわが家も、家具の配置を変えたりするうち、だんだん自分たちになじんできた。

無事に新しい枕もゲットできたし、今夜はぐっすり眠れそう。

ただ今、夜の10時。

ようやく、空が暗くなってきた。

なんとかする　7月4日

さっそくペンギンが、もうパンは嫌だと言い出した。

確かに、その気持ちもわかる。日本人としては、やっぱりお米を食べないとしっくりこない。

それで、まずは少量サイズをビオカンパニーで調達し、こっちに来てから、初めてお米を炊いてみた。

去年もそうだったけれど、ＩＨでお米を炊くのって、かなり難しい。

温度が急には上がらないし、火加減を弱くしたい時も、なかなかすぐに下がらない。余熱もある。

第一回目は、60点くらいの出来だった。

それでも、久しぶりの白米に、ペンギンが大喜びで食べている。

残ったお米は、塩むすびに。

これを、オーブンで焼けば、焼きおにぎりになる。

慣れない台所、しかも、決して道具が揃《そろ》っているとは言えない環境で料理を作るのは、かなり大変だ。

両手を縛られたまま、料理をしろと言われているようなものだもの。

電子レンジがないので、ご飯も簡単には温められないし。

だから、ご飯を温かくしたい時は、ラップに包んで、それをさらにビニールに入れて湯煎《ゆせん》にかける。

お味噌をとくためのザルもないので、茶漉《ちゃこ》しを代用してみたり。

お玉がないので、スプーンでよそったり。

ヤカンもないので、お鍋で沸かしている。

なんとかなる、というよりは、自力でなんとかする感じ。

不便だからこそ、いろいろ工夫をするんだなぁ、と改めて思った。

日本人は、これは何用、これは何用と、いろんな用途を考えて商品を作るのが、とっても得意だ。

こっちでは、ビニール袋ひとつ、輪ゴムいっこ、紙袋ひとつが、いちいち貴重品になる。

慣れないオーブンで焼いてみた焼きおにぎりは、なかなかの出来だった。

外側はカリッとしているけど、中はふわっとして、ご飯の感じが残っている。

出汁の中に入れて食べても、おいしいかもしれない。

今夜の晩ご飯は、焼きおにぎりとズッキーニのお味噌汁。

茄子のお味噌汁があるんだからズッキーニもありなんじゃないかと思って試してみたら、いい感じだった。次は、ごま油で少し焼いてから入れてみよう。

この夏の課題は、自力でなんとかする力を身につけること！

大きな木の下で　7月6日

ペンギンが散歩の途中に見つけたというレストランに行ってみた。
アパートの中庭の奥まったところにあって、隠れ家のような静かなところ。
中よりも外の方が気持ち良さそうだったので、テラス席にする。
見上げると、大きな木。
グラスの赤ワインと、スープ、シュニッツェルを頼む。
2012年の、初シュニッツェルだ。
なんとものどかな雰囲気だった。
ソファは外に出しっ放しだし、テーブルクロスも汚れている。
でも、私の中では、これがまさにベルリン！
この大らかな空気感が、大好きなのだ。

この店もそうだったけど、ベルリンでは、何気なく出されるパンが、ものすごく美味しい。

外側はかりっとしているのに、中はもっちもち。結構、塩味が効いている。

実際に来る前は、ドイツパンってもっとどっしりとしたイメージだった。

でも、意外と甘いパンも充実しているし、いろんな種類が楽しめる。

コンソメスープを飲んでいたら、ぽつぽつと雨が降ってきた。

でも、頭上の葉っぱが傘になってくれるので、ほとんど雨粒は落ちてこない。

周りの人達も、そんなことくらいで大騒ぎする人は、誰もいなかった。

みんな、雨の中でも平然と食べている。

久しぶりのシュニッツェルは、やっぱりおいしい。

次からは、トンカツソースを持参しようっと。ベルリンでカツ丼屋さんをやったら、絶対に流行る気がする。

この店では、いっしょにスグリのジャムがついてきた。

シュニッツェルにつけるのか、それとも付け合わせのポテトフライにつけるのか。

わからないので、とりあえずパンにつけて食べてみた。

ドイツでは一皿の量がとっても多いので、だいたいどこでも、一人前をシェアして食べている。

ヨーロッパにはあんまりシェアをする考え方がないから、きっと、とってもかわいそうな人たちに思われているかも。

一杯のかけそば状態だ。でも、それが一番ちょうどいい。

だんだん雨足が強まって、帰る頃には大雨だった。

壁

7月10日

今住んでいるアパートは、かつて、壁があったすぐ近くだ。

駅でいうとBernauer Str.で、このベルナウアー通りは、本当に西と東の境界線だった。

今も、壁の一部が残されていて、実物を見ることができる。

初めて壁を見た時は、意外にも、結構低かったんだな、と思った。

もっと、断崖《だんがい》絶壁のような、高い壁を思い描いていたからだ。

でも、何度か見るうちに、考えが変わった。

がんばれば登れそうで、でも絶対に無理なこの微妙な高さこそ、ものすごく高い壁よりも、ある意味もっと、効果があったのかもしれない。

向こう側の、空も、建物も見える。

背伸びして手を伸ばせば、簡単に越えられそうなのに、実際は、越えられなかった。

もちろん、この壁を越えようと行動に移した人も、たくさんいた。

その多くは、若者だった。

成功して西側に逃げられた人もいたけれど、命を落とした人も大勢いたらしい。

今は、なんの障害もなく、私も毎日、ごくふつうにこの通りを渡っているけれど、壁があった時代には、そんなこともできなかった。

壁があった時代しか知らない人達にとっては、ベルナウアー通りをみんなが笑顔で渡っているなんて、信じられないことかもしれない。

西と東。

今いるこの場所は、ぎりぎり東側だったところ。

ベルナウアー通りを渡って旧西ベルリンの地区に行き、テレビ塔を振り返った。

東側の威信をかけ、西側に東側の繁栄を見せつける（ふりをする）ために作られたという。

壁を乗り越えた人、地下に穴を掘って脱出した人、川を泳いで渡った人。

ベルナウアー通りを渡るたびに、ひたむきに自由を求めて命がけで行動を起こした人達のことを、思わずにはいられない。

てがみ時間

7月13日

外国にいると、ちょっとしたささやかな行為が、メイン行事になる。たとえば、ご飯を炊くとか。コーヒーを飲みに行くとか。電車の切符を買うとか。日本にいれば当たり前すぎる行動なのに、ひとつ達成しただけで大喜びし、急に大人になったような誇らしい気分になる。

中でも私の場合、ポストカードを見つけ、切手を手に入れる、というのが一大イベントだ。時間はたっぷりあるので、ポストカードもじっくり吟味できるし、切手も好きな絵を選んだりできる。

そして、お気に入りのカフェに行ってラテマキアートでもちびちび飲みながら、ゆっくりと手紙を書く。

帰り道に、ぽとんとポストに投函すれば、ひとつ、幸せの積み木が重なったようなほのぼのとしたうれしさがこみ上げてくる。

ベルリンには、手紙を書くのにちょうどいいようなカフェが、いっぱいある。

3か月間、すべて違うカフェに行ってコーヒーを飲むことだって、簡単にできそうなほどの、カフェ天国だ。

今日はどのカフェに行こうか考えるのも、外国にいる醍醐味だと思う。

ベルリンも最近、東京みたいなスコールがある。

さっきまで晴れていたと思ったら、急に空が暗くなって、いきなり雨が降ってくる。そしてまたけろっと晴れる、その繰り返し。

一日に一回は雨が降るので、傘が手放せない。

今日は最高気温が15度までしか上がらない予報なので、冷たい雨が降る前に、近所のカフェに入ってみよう。

土曜日は　7月14日

今日は土曜日。せっかくのマルクトの日なのに、朝から冷たい雨が降っている。

英語だとmarket、フランス語だとmarché、ドイツ語だとmarkt、言葉を見ていると、だんだん意味がわかってくる。

今回住んでいる場所の近くにもまた、すてきな青空市が立つ。

雷もなっているし、今日の市場は無理かなぁと思っていたら、お昼過ぎに、雨が上がる。

今しかない、と思って、早足で市場へ。

あんな大雨の中でも、ちゃんと店を出しているのだから、感心する。

みんな同じことを考えているらしく、雨上がりの一瞬の隙を見計らって、人がわんさか出てきている。

ここは、初めてベルリンに来た時、連れてきてもらった市場だ。

雰囲気が、とってもいい。

チーズ屋さん、パン屋さん、お肉屋さん、お魚屋さん、オリーブオイル屋さん、ジャム屋さん、お花屋さん、八百屋さん、お菓子屋さん、どのお店もすごくかわいくて、目移りしてしまう。

パン屋さんで食パンを、お肉屋さんで牛肉とベーコン、ハムを、お魚屋さんであさりを、八百屋さんでインゲンと蕪《かぶ》とラズベリーを買う。

ベルリンの蕪は、きめが細かくみずみずしくて、すごくおいしい。

今日は、立派なおっぱい蕪だった。

蕪の世界でいったら、Ｄカップといったところ。

カフェでカプチーノを飲んでから、いそいそと帰宅した。

またいつ、大雨になるかわからないので。

蕪は、薄くスライスして甘酢漬けに。

葉っぱもおいしそうなので、こちらは今晩、ベーコンと炒《いた》めて食べよう。

あさりは砂ぬきして洗ってから、小分けして冷凍。お味噌汁にしたらおいしいダシが出そうで楽しみだ。

ラズベリーはジャムにして、ヨーグルトと。

土曜日の、楽しい過ごし方を思い出した。
来週は、ちゃんとガラガラを持って行かなくちゃ！

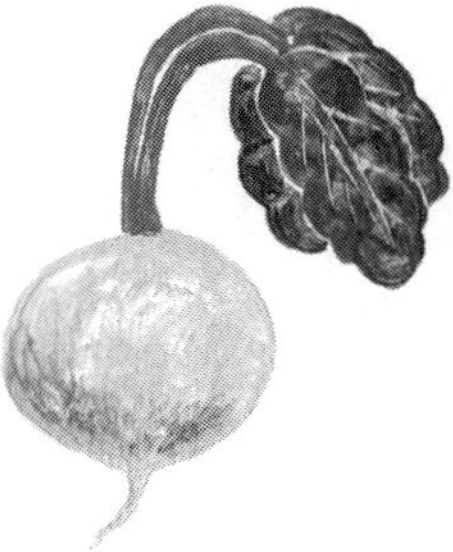

ティポットを探す

7月16日

日曜日は、デパートやお店がほとんど休みになる。その点は、日本とかなり違う。その代わりというか、日曜日になると、いろいろな広場で、アンティークマーケットやフリーマーケットが開かれる。

そういう所に出かけるのが、ベルリナーの日曜日の過ごし方だ。

ベルリンにいると、新しい商品を買おうという気が、あんまり起こらない。消費することや、お金を使うことがそんなに重要ではなくなってくる。

東京にいると、どうしても、楽しむこと＝お金を浪費すること、になりがちだけれど、ベルリナーは、お金をかけずにいかに楽しく幸せになるかの術《すべ》を、よく知っている。

生活にかかわるお金が安く済むので、本当に暮らしやすく感じる。

今のアパートにティポットがなかったので、でも新品を買う気にはなれず、この週末を待っていた。

去年、たったの1ユーロでゲットした腕時計が、重宝している。その腕時計を見つけたのと同じフリーマーケットで、今度はティポットを探してみる。

気をつけて見てると、いろんなティポットがあった。

よさそうだと思ってお店のおじさんに尋ねると、それは東ドイツ時代に作られたいいやつだから、30ユーロすると言う。

シンプルなデザインでよかったけれど、断念した。

結局、似たような大きさの白いティポットを、3ユーロで手に入れた。

朝、カップ2杯分のお茶をいれるのに、ちょうどいい大きさだ。

これで気持ちよく、お茶が飲める。

アパートに置いていこうと思っているけれど、なんだか使っているうちに愛着が湧《わ》いて、結局日本まで連れて帰ってしまいそうな予感がする。

3ユーロで、本当にいい掘り出し物に出会えた。

去年も日記に書いたと思うけれど、ドイツと、というかヨーロッパと日本とでは、日曜日の過ごし方が、ずいぶん異なる。

日曜日に大半のお店がお休みになるだけで、消費電力はぐっと下がるだろうし、その分、違う人たちにお金が回る。

要は、自分がどういうふうに暮らしたいかの問題だ。

私は、多少の不便を感じても、安全で、環境に負担をかけないエネルギーで暮らしたいと思う。

日本で行われた昨日のデモに、私も参加したかった。

肉と魚、甘いもの

7月18日

こっちにいると、肉と魚の立場が逆転する。

ふだんの食事はお肉が中心となり、何か特別な時のご馳走として、お魚を食べるという感覚だ。

カーデーヴェー（日本でいうところの、三越みたいな老舗《しにせ》のデパート）なんかに行くと、みんなうれしそうに、ちょっと気取って海の幸を食べている。

お値段も、お肉の方がずっとお手頃で、日本の感覚でお魚を買ったりすると、会計を聞いてびっくりするはめになる。

でも、たまにはお魚も食べたいな、と思い、鮭の切り身を一切れだけ買ってみた。

これで、10ユーロ。

片栗粉をまぶし、オリーブオイルでソテーした。

臭み消しに、ローズマリーをあしらってみる。

お醬油をちょっとたらして食べてみたら、おいしくなった。

ドイツの白ワインと、すごく合う。


お肉に関しては、赤身しか食べないようだ。

牛も豚も鶏も、脂身はすべて排除して売っている。

こっちの人は、松阪牛とか脂が多すぎて食べられないと思う。

牛のコマ肉なんていう発想も全くなく、ひたすらステーキ肉が中心だ。

お肉は、フォークとナイフを使って、どかんと食べる、っていうのが真っ当な食べ方らしい。

去年、豚のひき肉を１００グラムだけ買ったら、とーっても驚かれたっけ。ありえない少なさだったみたい。

そして、ベルリンの甘いもの事情。

去年、ドイツのお菓子はクエヘンだ、なんて書いてしまって、ごめんなさい。

去年とエリアが違うからか、それともお菓子の水準が上がっているのか、はたまた私の舌がベルリンモードになっているのか定かではないけれど、今年は、おいしいお菓子にばかり当たっている。

パン屋さんで売っているチョコレートケーキとか、マルクトのビスケットとか、飾り気のない素朴なお菓子が、とってもおいしい。

今日は、昨日通りかかって目星をつけておいたケーキ屋さんに入ってみた。

あんまりベルリンっぽくない、小綺麗な新しい店構えで、ガラス張りになっているので道ゆく人たちがみんな中をのぞいて行く。

子どももおばさんもおじいちゃんも、お菓子を見ている人の顔って、すてきだと思った。みんな穏やかな顔になって、どれにしようか真剣に選んでいる。

誰かに見られているなんて、少しも思っていない無防備な表情。

雨続きの、ベルリン。

青空が見えたら、ダッシュして外に行かなくちゃ！

マルクトレポート

7月22日

久々に晴れて、気持ちのいい土曜日。

また、ガラガラを引きつれて、マルクトに行ってきた。

ハム屋さんに、チーズ屋さん。

八百屋さん、カフェ。

センスのいいお花屋さんには、古いミシンがディスプレーされている。

ジャム屋さんは、WECKの容器に入れて売っている。

となりには、かわいいはちみつ屋さん。

ワイン屋さんも大繁盛。

みなさん、昼間からお酒を飲んで、いい感じになっている。

エビのグリル屋さんと、ソーセージ屋さんが、ものすごくいい匂いを出していたので、お昼はここで青空ランチ。

屋台の裏のテーブルには、きちんとテーブルクロスまでかかっている。

ぷりぷりのエビは、ものすごく新鮮！

食欲に火がついて、ホットドッグも。

ソーセージに生ハムをまいて焼いているのもあって、それもおいしそう。

しぼりたてのジュースを売っているお店で、人参とオレンジのミックスジュースをゲット。

ファラフェル屋さんに、帽子屋さん。

マルクトの帰りに、カフェによって食後のカプチーノ。

このカフェが、最近のお気に入りだ。

マルクトで買ったばかりの、カシューナッツのはちみつがけと一緒に。

家に戻って、しばし読書。

どうか来週の土曜日も晴れますように。

たそがれビール

7月27日

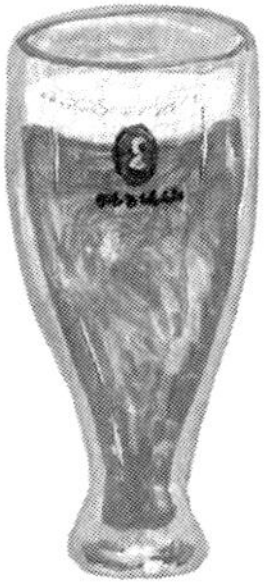

ここ数日、ベルリンも暑い日が続いている。

さすがに30度を超えると、アイスクリームを食べに行く気力すらなくなってしまう。

トラムや電車もよっぽどの夏日でないとクーラーを入れないので、乗り物の中に入ると、外よりもむっとしているけれど、みんな健気《けなげ》に耐えている。

さっき何気なくテレビをつけたら、スポーツチャンネルで日本対スペインのサッカーの試合をやっていた。

ドイツに関係ないから見られないだろうと思っていただけに、かなりラッキー。

しかも、一点先制しているじゃないの！

去年の、なでしこジャパンの快進撃を思い出した。

結果は、1対0で日本の勝利。

すごい！

世界一のスペインに勝ったのだ。

アパートの上の階に住んでいるフィリオはスペイン人だから、明日会ったらちょっと気まずいけど、かなりうれしい。

また、4年に一度のオリンピックが開幕する。


今は夕方の6時で、気温は30度近くある。

日差しが強くて、日光アレルギーの私は、帽子や日焼けどめで防備しないと、出歩けない。

夜の9時くらいまで、かんかんに陽が照っている。

空がようやく薄暗くなるのは、夜の10時近くになってからだ。

その時間になると、みんないそいそとベランダに出てくる。

たそがれ時間の始まりだ。

中庭を囲んで、「ロ」の字のようにアパートが面しているから、なんとなく、どこにどんな人が住んでいるのか、顔なじみになってきた。

よく泣く赤ん坊のいる若夫婦は、子どもを寝かしつけた後、いつもベランダに出て、夫婦で語らっている。

ほぼ裸同然の恰好で、いつもひとりで窓から空を見ている女の子もいれば、すぐ前のアパートの同じ階に住む男性は、ビールを飲みながら、よくパソコンの画面に見入っている。

週末ともなれば賑《にぎ》やかで、夜遅くまで、パーティーをやっていたり、大きな笑い声が響いてきたり。

中庭を通して、なんとなくご近所さんになっていく。

今夜は、日本チームの勝利を記念して、和食を食べに行くことになった。

うちのそばにある、ちょっと高級な感じの和食店。

店の前を通るたびに、ペンギンが、くんくん鼻を鳴らすので。

帰ったら、ベランダに出て、冷蔵庫に冷やしてあるスイカを食べよう。

はじまる、はじまる　7月28日

今日から、ヤングユーロクラシックがはじまるのだ。

去年も大興奮した、クラシック音楽の祭典。

世界中から若い音楽家たちによるオーケストラが集まって、演奏を披露する。

これが、ものすごーく面白かった。

インターネットでチケットの予約をするうち、どれも行きたくなってしまい、結果として、すべてのコンサートのチケットを買った。

そう、つまり今日から、連日連夜、2週間以上、クラシックのコンサートに足を運ぶのだ。

ちょっとした修業というか、部活というか、想像を絶する日々になりそう。

今日はオープニングで、南アフリカのMIAGIというオーケストラだ。

アフリカのオーケストラって、どんな感じなのだろう。

今から、ワクワクしてしまう。

偶然にも、ちょうどオリンピックの時期と重なった。

だから夜にやる決勝戦はなかなか見られないけれど、これもまた、オーケストラのオリンピックみたいなもの。

今回のベルリン滞在における、一大イベントだ。

コンサートは8時から始まるので、家に戻ってくるのは、11時前後になってしまう。

そこからシャワーを浴びたりするから、寝るのは毎晩12時過ぎだ。

いい演奏を聴いた後は、興奮しているから、きっとお酒を飲んで夜更かしにもなってしまうし。

でも、せっかくベルリンにいるんだから、満喫しないと。

同時進行でオリンピックもあるし、イベント続きの毎日だ。

アイデンティティ

7月29日

すばらしかった。

思い出すだけで、幸せな気持ちがよみがえってくる。

ステージには、肌の色に関係なく、黒人も白人も一緒に並んでいる。

南アフリカは、かつてアパルトヘイトのあった国。

そこで誕生した、MIAGIというオーケストラ。

MIAGIは、Music Is A Great Investment の頭文字をとったものだ。

席は、ステージのちょうど後ろ側。

だから、オケのメンバーが真下に見えるし、ふだんは後ろ姿しか見えない指揮者を、表面から知ることができる。

指揮者はまるで、一人芝居をしているようだった。

アフリカらしく、打楽器のリズムが心地よかった。

音がパワフルで、目を閉じて聴き入っていると、土ぼこりの匂いや、じりじりとてりつける太陽、木陰を吹き抜ける一陣の風を感じそうになる。

人種差別という過ちを犯しても、修正し、未来を明るいものに変えていける。

何よりもそのことが、すばらしいと思った。

アンコールで演奏されたサティの曲を聴きながら、となりのおばさんが涙をぬぐっていた。

力強い曲から静かな曲へ、その振り幅が見事だった。

サティの後は、多分、南アフリカ共和国の国歌だと思うのだけれど、ステージ上のみんなが声をあげて歌っていて、国旗も広げられ、本当に感動的だった。

そして、最後はみんな楽器を演奏したまま後ろのドアから外に出て、外でもまた楽しそうに踊っていた。

方々から飛び交う、ブラボーの声。鳴り止まない拍手。

たくさんの笑顔。

金髪の子もドレッドヘアの子も、ひとつの音楽を夢中になって奏でている。

オーケストラのメンバーが、緊張感から解放されて、立ったまま情感たっぷりに演奏する姿が、私はすごく好きだ。

演奏を聴いていてなんとなく思ったのだけれど、オーケストラというのは、ひとつのミツバチの集団みたいなものかもしれない。

いろんな役割のミツバチがいて、その中心に女王蜂がいる。

女王蜂は、指揮者。

一匹一匹の果たす役割はささやかなものだけれど、集団となると、高度な力を発揮する。

集団全体で、ひとつの生き物のような、そんな感じ。

オーケストラも、全員が、陰になり日向《ひなた》になりながら、常に誰かを支えている。

蜂蜜は、吸う花の蜜によって、それぞれ味が違う。

演奏もそう。

演奏者の一人一人が、何を見て、何を感じ、何を食べて生きているか、人生のすべてが音になる。

それが、アイデンティティなのだと思った。

ルーマニア狂詩曲　8月5日

音楽に関する専門的なことは全くわからないけれど、どうやら、オーケストラの演奏というのは、演奏前の音合わせの時点で、いいか悪いか、なんとなくわかるみたいだ。

いいや、その前の段階の、ステージに団員達が登場する時点で、なんとなく予測ができる。

この人達はいい演奏をするのか、それとも、そうでないのか。

いい演奏をするオーケストラは、ステージに立った時点で、すでに自信がみなぎっていて、音合わせの段階から揺るぎない音を出す。

そういう意味で、昨日のルーマニアのオーケストラはすばらしかった。

ステージに所狭しと並ぶ団員達は、みんなピシッとして、緊張感がある。

女性は、赤や黄色など、艶《あで》やかな色のドレスを着て、黒いスーツ姿の男性達に交ざると、ぐっと華やかさが増している。

クラシックだからといって黒一色にしない、というのも新鮮だった。

最初に現代の作品を、その後、シュトラウスやラフマニノフの曲を演奏。

曲の選び方も、お見事。

そして、最後に演奏された、ルーマニア狂詩曲。

音で、心がえぐられそうになる。

それぞれの音が、おなかの底から叫んでいるようで、ぐいぐいと引き込まれていく。

見たこともないのに、ルーマニアの風景が見えてきそうで、目を閉じていると、旅をしている気分になった。

力強く、かつ繊細で、音の先の先の先にまで、神経が行き届いている。

演奏者の気迫や情熱が、束になって襲ってくるようだった。

美しくて艶《なまめ》かしい可憐《かれん》な音と、大胆で豪快な音との振り幅が大きくて、少しでも長く、演奏を聴いていたいような気持ちになる。

私は、こういう感情の波が激しい、心を揺さぶられるような曲が、大好きなのだ。

きっと、ルーマニアという風土が、こういう音を生み出すのかもしれない。

この曲を作ったルーマニアの作曲家、ジョルジュ・エネスクも、天国でにっこり微笑《ほほえ》みながら親指を立てて喜んでいるはず。

演奏後、拍手が鳴り止まなかった。
アンコールを2曲披露しても、観客は拍手したまま帰ろうとしない。
すっかり、ノックアウトされた気分だった。まさに、ブラボー。
ルーマニアは、ロマの人達がたくさんいる国でもある。
ルーマニア狂詩曲を聴いて、俄然《がぜん》、ルーマニアに興味が湧いてきた。
一晩経ってもまだ興奮が冷めやらず、昨日の演奏をすべてもう一回始めから聴きたい。
それくらい、すばらしかった。

ご縁

8月9日

毎晩コンサートに通っていると、面白いことが起きる。

連続で、同じご婦人ととなりの席になったのだ。

3日目でお互い気づき、声をかけ合った。

彼女は、日本人のお友達が何人かいるそうで、かなりの親日家だった。

よく考えれば、なんのことはない、ほぼ同じ時に、インターネットでチケットを買っただけのことだった。

彼女がちょっと先だったのか、私の方がちょっと先だったのかはわからないけれど、東京とベルリン、全く離れた場所で、同じようにパソコンの画面を見ながら、ヤングユーロクラシックのチケットを買っていたなんて。

それからは、毎回コンサートホールに行くたびに、彼女の姿を探してしまう。

そして、お会いできると、なんだかちょっとうれしくなる。

私は全部チケットを持っているけれど、彼女もまた、10枚も買ったそうだ。

彼女がお休みだった次の日は、前の日の演奏はどうだったとか、買って正解だった、いや、買わなくてよかったとか、そんな話題で盛り上がっている。

インターネットがもたらした、不思議なご縁だ。

昨日は、ご婦人に会えなかった。

そのかわり、となりの席になったドイツ人の男性と親しくなる。

中休みの後、軽く言葉を交わしたのがきっかけだった。

「どこから来たの？」と英語で聞かれ、「ヤパン」と答えたとたん、彼が目を丸くする。

聞けば、彼は去年の夏、日本に来たのだそうだ。

京都で小さな旅館に泊まって、時代祭を見学し、その後、富士山に登って御来光を見たという。

去年の夏といえば、地震や原発問題で、観光客の足が遠のいた時期だ。

そんな時にいらしてくださったなんて、本当にうれしい。

しかも、私たちが日本からドイツに来ている同じ時期に、彼はドイツから日本へ行っていたなんて、なんとも面白い気がした。

もう引退したけれど、彼はフィルハーモニーで働いていたのだそうだ。

オープニングのチケットを持っていると話したら、高かったでしょう！　と逆にびっくりされた。

またぜひお会いしましょう、ということになり、メールアドレスを交換して別れた。

知らなかった土地に、ちょっとずつ知り合いが増えていくのって、すごくワクワクする。

うちの近所でずっと開店準備をしていたカフェもつい先日オープンし、すっかり顔なじみになった。

そして、いろんなご縁ができると、ますます、ドイツ人が好きになっていく。

今夜は、ドイツと中国の合同オーケストラだ。

ちょうどその頃、なでしこジャパンは決勝戦！

がんばれ～

お引っ越し　8月13日

あっという間に折り返し地点を通過。

すっかり住み慣れてしまったミッテ地区のアパートを離れ、今日からはクロイツベルクの違うアパートに住む。

今、やっと引っ越しが終わったところ。

ミッテは、まさにベルリンの中心。

東京でいうと、渋谷と新宿のイメージだ。

若者が多くて、おしゃれなショップやカフェが集中しているところ。

で、今日から暮らすクロイツベルクは、東京でいうと世田谷みたいな感じかな？

若い夫婦が子どもを育てたりするのにぴったりなエリアだ。

引っ越し間際に、同じアパートの上の階に住んでいたティナ&フィリオ夫妻と会った。

クロイツベルクに引っ越すと言ったら残念がってくれて、メールアドレスを交換し、今度お茶でもしましょうね、ということに。

新しくできたカフェのスタッフの人達とも親しくなったし、なんだか寂しい。

でもまぁ、ベルリンは小さい町なので、引っ越したといっても、メトロに乗れば数駅で、15分くらいで行けるのだから、またいつだって会いに行ける。

今日から暮らすアパートは、去年、すでに下見をさせてもらっている。

窓からは、とってもきれいなお庭が見渡せて、近くには、大きな公園もある。

近所には、パン屋さんとカフェとビアホールが一軒ずつ。

ベルリンは、エリアによって雰囲気が全然違うから、また新しいベルリンの一面を味わえそうで、楽しみだ。


昨日、ヤングユーロクラシックに行ったら、久しぶりに先日のご婦人にお会いした。

数日ぶりだったので、再会を大いに喜ぶ。

中休みの時に彼女が教えてくれたのだけど、ルーマニアのオーケストラでピアノをひく予定だったピアニストの方が、あの公演の2日ほど前、とつぜん亡くなってしまったのだそうだ。

どうりで、予定されていた曲目と変わっていたから、おかしいなぁと思っていたのだ。

本当は、一曲目にショパンの曲を演奏するはずだった。

まだ、32歳の若さで逝ってしまうなんて。

そんなこともあって、あの日のルーマニアの演奏が、どこか神がかっていたのかもしれない。

それにしても、もう折り返し地点だなんて、寂しすぎる。

新しいアパートはとっても静かで（実は昨日までのアパートは上の階の部屋と前のアパートが工事中で、かなり騒音に悩まされていた）、とっても快適。

幸せなことだ。

小旅行

8月15日

調子に乗ってお肉をたくさん食べていたら、体がストライキを起こし始めた。

2年前の夏、モンゴルでの肉食三昧《ざんまい》を彷彿《ほうふつ》とさせる。

お肉の顔は見るのも嫌、という状況になってしまい、ここ数日は豆腐や野菜ばかり食べている。

それで、去年は一度も行かなかったけれど、ベルリンの和食屋さんに行くことにした。

ベルリンでも、和食というか、お寿司屋さんはかなり賑わっている。

でも、お寿司というか、やっぱりSUSHIだ。

ちらちら横目で見る限り、かなり怪しい品を、お寿司と思って喜んで食べている。

しかも、若者に人気の安く出しているような店は、たいてい日本人が作っているのではなく、日本人に見えなくもないアジア人が作っていることの方が多い。

だから、そういうところに入ろうとは思わないんだけど。

昨日行ってみたのは、ベルリンでかなり長く店を出している、日本人がやっている老舗の和食屋さんだ。

メニューを開くと、日本の定食屋さんに入ったのと、全く変わらない献立が並んでいる。

唐揚げ、とんかつ、あげだし豆腐。

気がつくと、揚げ物系ばかりに惹《ひ》かれているのだった。

アパートでも和食は作っているけれど、揚げ物にまでは手を出していない。

それで無意識のうちに、揚げ物を欲していたのかも。

私は、天丼を頼むことにした。

ペンギンは、久しぶりに日本酒の熱燗《あつかん》、久保田をのみながら、お寿司をつまんでいる。

私もいくつかもらったけど、確かに、ちゃんとお寿司だった。

でも、一番おいしかったのは、ガリ。

食べた瞬間、体がきゅーっとなって喜んでいる。

もっともっと、お茶碗《ちゃわん》いっぱいのガリが食べたい！

運ばれてきた天丼は、エビの尻尾《しっぽ》がどんぶりからはみ出していて、見るからにおいしそう。

野菜天もたっぷり入っている。

揚げたての天ぷらは、本当にサクサクと音がして、すごく上手に揚がっている。

こんなおいしい天丼には、日本でもなかなかお目にかかれない。

驚いたのは、蓮根《れんこん》。

一体、どうやって手に入れているのだろう。

インゲンや人参、パプリカはマーケットで普通に見かけるけれど、蓮根なんて見たことがない。

お店の方に聞いてみたら、仕入先は企業秘密なのだとか。

蓮根大好き人間としては、蓮根の天ぷらだけの天丼を食べたい気分だ。

本当に、幸せな晩ご飯だった。


そして今は、ＩＣＥで移動中。

ＩＣＥは、新幹線のような高速鉄道。

去年は結局一度もベルリンから出なかったけれど、今回は、せっかくヨーロッパにいるのだから、ちょこちょこ出歩こうと思っている。

今向かっているのは、ハノーバーだ。

さっき、車窓にたくさんの風車が見えた。

のどかな田園風景に、いくつも立っている風車は、すごく合う。
さすが、ドイツ。
日本にも早く、こういう光景が広がればいいのに。
今夜はハノーバーで、ロンカリを見る予定。
ロンカリはドイツのサーカス団で、ずっと見たかったのだ。
これからしばらく、サーカスを求めての取材旅行が続きます。

サーカス三昧

8月17日

どうやら今回の旅は、サーカスに縁があるみたいだ。

旅の最初、コペンハーゲンで泊まったホテルは常設のサーカステントのすぐとなりだったし、ベルリンのミッテ地区のアパートの近くでも、小さなサーカスをやっていた。

ここ数年、海外に出向くたびに、サーカスに行っている。

一昨日のロンカリも、最高だった。

今までに見たサーカスで、一番感動したかもしれない。

もちろん、シルクドソレイユもすばらしいのだけど、個人的には、もう少し規模の小さい、サーカスらしいサーカスが好きだったりする。

ロンカリは、いわゆるサーカスの素朴な楽しさが味わえるサーカスだった。

テントに入る前、リクエストするとほっぺたに、赤い口紅でハートマークをつけてくれる

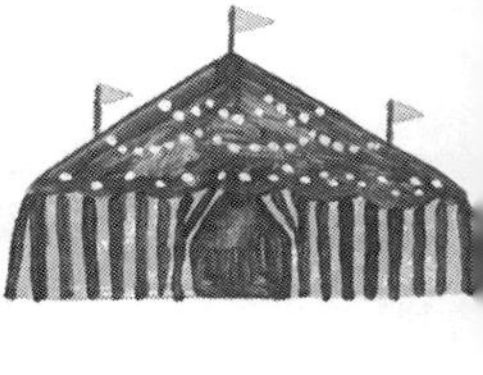

のも、楽しみのひとつ。

男性には、鼻の頭に赤い丸印をつけてくれて、なんちゃってピエロの完成だ。

驚いたのは、大人のお客さんが多いこと。

日本でサーカスというと子どものためのお楽しみで、大人には子どもだましのように感じられて少し物足りない感じがするけれど、ロンカリの場合、大人、しかもおじいちゃん、おばあちゃんまでが、ちょっぴりおしゃれして、楽しみにやって来ている。

前から2番目のボックス席を買ったので、迫力満点だった。

体からしたたる汗の一滴一滴までが、はっきり見える。

しかも、ほとんどの演技で、命綱をつけていない。

一歩間違えれば大事故につながる技を、笑顔でやっている。

先日も日本で、サーカス中の事故があったようだし、本当にサーカスというのは命がけの娯楽なのだ。

アーティスト達は、毎回真剣勝負でやっている。

サーカスを見て感動して涙がこぼれそうになったのは、初めてだった。

みんなそれぞれに、人生がある。

もともとサーカス人間になりたくてなった人ももちろんいると思うけれど、何かの夢をあきらめたり、途中で挫折《ざせつ》してステージに立っている人もいるだろう。

　そういうそれぞれのアーティストの背景にあるものを想像しながら見ていたら、本当に泣けてきたのだ。

　ロンカリは、小さいサーカスにありがちな動物を調教したショーも少ないし（馬と犬だけ登場した）、ショーの終わり方もすてきで、最後の最後まで気がきいている。

　どんな大人でも、サーカスを見ている時は子どもに戻るし、難しい顔をしてテントに入った人も、帰りは笑顔になって家路につく。本当に、幸せなショーだった。

　そして今度は、更なるサーカスを求めて、ブリュッセルへ。

　今日から、ブリュッセル近郊の小さな町で、サーカスフェスティバルが始まる。

　それに、ずっとずっと見たかったお目当てのサーカス団が登場するようなのだ。

　ベルリン滞在は旅行という感じが全くしなかったから、ようやく、旅行気分が盛り上がってきたところ。

　それにしても、ブリュッセルは、なんだかアジアにいるみたいだ。

　場所のせいもあるのか、かなり雑多な雰囲気で、混沌としている。

　コペンハーゲンにも似ていて、小綺麗と小汚いが見事に同居しているイメージだ。

　やっぱりベルリンが、特殊な町なのかもしれない。

夢の国　8月18日

ブリュッセルから、電車に乗って30分。

アールストという田舎町で、昨日から「CIRK !」というサーカスフェスティバルが開催されている。

会場は、マルクトや学校の中庭、公園や教会前の原っぱなど。

そこをみんなてくてく歩いて移動しながら、お目当てのショーを見る。

町の中心にはとても古い教会があり、石畳の細い道が入り組んでいて、町を歩いているだけでわくわくする。

ふらりとあひるの行進に出会ったり、道々にビールバーがあるので、ショーの合間にビールを飲んだり、食事をしたり。

昨日は、60人限定のサーカスを見た。

本当に小さなテントの中に、階段席が2段だけ組んである。

出演は、おなかがたっぷりと出たおじさんと、ロマっぽいおばさんの二人だけで、あとは音響や照明の人だけ。

野菜を人形に見立てた、ちょっとブラックユーモアの混じる不思議なショーで、サーカスというよりも演劇に近い。

まるで、夢の国に迷い込んだようだった。


それにしても、どの出し物も、ものすごく芸術性が高くて、びっくりしてしまう。

音楽から衣装から、何もかもセンスがいい。

サーカスも、まさにアートだ。

子どもだましのショーは、ひとつもなかった。

昨日のラストは、水際の広場に作ったスケートリンクのような所でやる、一輪車のショー。

夜10時半からで、空はすっかり陽が暮れて、星が見える。

そんな中、修道服を思わせる真っ黒い衣装に身を包んだアーティスト達が、背中に松明《たいまつ》を灯しながら、楽器を演奏する。

ものすごく高さのある一輪車に乗っているんだけど、足元はスカートに隠れて見えない。

その人たちが、すーすー滑るようにして光とともに移動しながら、楽器を奏でるのだ。

本当に幻想的だった。

よそから来ている人たちももちろんいるのだろうけど、観光の目玉というよりは、地元の人たちが自分たちの楽しみのためにやっているフェスティバルのようだ。

日本でいうと、花火大会みたいな感じかしら？

ショーが終わると、たたたたた、と子どもが自分ちに帰って行ったりする。

驚いたのは、日本だったら絶対に、「何か事故が起きたら危険なので」という理由で取りやめそうな危険な演技も、躊躇《ちゅうちょ》なくやっていることだ。

そのへんの意識は、ずいぶん日本と違っている。

ブラックユーモアも、危険な技も、平気で子どもにも見せているし。

こういう芸術に子どもの頃から触れていたら、感性も磨かれるに違いない。

ひとつショーが終わると、あちこちで、ちびっこ達が、逆立ちをしたり、でんぐり返しをしたり。

本当に、大人も子どもも一緒になって楽しんでいる。

今日も、夕方から、夢の国へ。

空は、見事に晴れている。

国境　8月20日

ベルギーに入ったとたん、看板の文字がフランス語表記になった。

それでも、レストランやカフェに入って、ついつい、ダンケ！　と言ってしまう。

本当は、メルシーと言わなくちゃいけないのに。

すっかりドイツ語の感覚に慣れてしまっている。


それにしても、ここ数日の暑さは、半端じゃない。

昨日は33度、今日の予報では36度になっている。

日向に出ると肌を焦《こ》がされるような強い日差しで、なるべく直射日光を浴びないよう、日陰を選んで歩いていた。

暑いので、サーカスを見てはビールを飲み、またサーカスを見てはビールを飲むのを繰り返す。

一夏分の汗を一気にかいた感じ。

でも、ビールが美味しいので、ついつい飲んでしまうのだ。

しかも、全然期待しないで入ったバーのおつまみや、駅の中にあるチェーン店のパン屋さんのクロワッサンまでが、とても美味しい。

ベルギーではどのレストランに入っても外れないとか、本場フランスよりも美味しいフランス料理が食べられるとか聞いてはいたけれど、それらの噂はまさに本物だった。

しかも、ベルリンでは滅多に食べられない海の幸がたらふくいただけるので、食事にはとても恵まれた3日間。

そして今日は、アールストを出発し、ただ今ケルンに向けて移動中。

ただ、心配していたことが、起きつつある。

ドイツの新幹線は、気温が33度を超えるとエアコンが壊れてしまうと聞いていたのだけど、それが現実になってしまったのだ。

ひとつの車両が丸々閉鎖になってしまい、席がきつきつになっている状況だ。

今のところ、私たちはなんとか座れているけれど、これから先、どうなるかわからない。

念のため、朝早めにホテルをチェックアウトして正解だった。

ケルンの今日の最高気温の予報は37度だから、これからもっと混乱するかもしれない。

なんて思っていたら、全員、次の駅で降ろされることになった。

エアコンがきかなくなったらしく、運転に支障をきたすらしい。

そこから在来線に乗り換えて、ケルンを目指す。

しかも、乗り換え時間が数分しかないとのこと。

みんな、大荷物を持って、走る走る。

33度を超えると、エアコンがきかなくなるなんて……。

案の定、在来線は大混雑だ。

でも、周りの人が皆さん親切に教えてくれて助かった。

国境を越えたので、またドイツ語のアナウンスになる。

ドイツ語の響きに、ホッと胸を撫《な》で下ろした。

やっぱり、国境を越えると、人の性格も変わるみたいだ。

ベルギーの人は、たとえ目が合ってもあんまりにこっと笑い返す人はいなかったけれど、ドイツ人は、目が合うと必ずにっこりしてくれる。

ドイツに戻ってきて、一安心だ。

無事、ケルンの駅に到着すると、前の席に座っていた品のいいおじいさんが、笑顔で言った。

'Beautiful day!'

旅は、ちょっとしたハプニングがあるからまた、面白い。

忘れがたい一日になった。

DB（ドイツ鉄道）

8月21日

ケルンの大聖堂は、世界最大のゴシック建築だという。

間近で見ると、ものすごい迫力で圧倒されてしまう。

しかも、周りの細工が、とても細かい。

13世紀から建てられ始めたというけれど、何百年も昔に、いったいどうやってこんなすごい建物を造ったのだろう。

工事の中断を経て、完成したのは19世紀だ。

今は所々に修復の工事が入っている。

今の技術でも、こんなもの、造れなさそうなのに。

中に入るとステンドグラスが美しく、外の喧騒とは別世界だった。

ちょうどお祈りの時間だったのか、パイプオルガンの音が響き渡り、荘厳な雰囲気を醸し

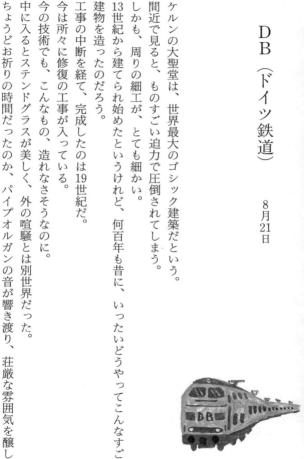

だしていた。

徹底的に作り上げた人口美で、日本にある仏教のお寺とは正反対だ。

そして今日は、ケルンからハンブルクへ。

昨日ほど暑くはないから（昨日は本当に熱風が吹いていた）油断していたのだけど、さっき、またしても電車がストップしてしまう。

急に速度が落ちて急停車し、数分間止まった後、次の駅までのろのろ走行だ。

そこで、最後部の車両を一番前に移動させ、機械を交換するという。

でも、もう皆さん慣れているのか、ストップしている間も、休憩とばかりにのんびり外でタバコを吸っている。

やれやれ、と呆《あき》れたりはするけれど、文句を言う人はひとりもいなかった。

それにしたって、機械とか大好きだし、車を作るのも得意なのに、どうして鉄道だけ弱いのだろう。

前の席に座っている女性が教えてくれたところによると、ＤＢは夏の暑さだけではなく、冬の寒さでも、やられてしまうらしい。

空調に、かなりの問題をはらんでいる。

がんばれ、ＤＢ！
日本の新幹線のすばらしさを、改めて思い知った2日間だった。
これは日本の技術を、大いに売り込めるチャンスだと思うけど。
小一時間の停車ののち、運転が再開した。
冷房も復活し、一応涼しくはなったけれど、またいつどうなるか。
ドイツでの鉄道の旅は、くれぐれも余裕を持って。
時間が遅れるのは普通だし、途中の駅でいきなり降ろされたりもするとのこと。
暑い日と寒い日は特に注意し、焦《あせ》らず、怒らず、のんびり構えるのがいいみたい。
長旅の末、ようやくハンブルクに到着した。
なんだか、とっても素敵な町の予感がする。

給水塔

8月24日

ハンブルクがあまりにもいい町だったので、1泊の予定を2泊にして、帰ってきた。

ハンブルクは、穏やかな、かわいらしい港町。

もっと男性的で荒々しい雰囲気をイメージしていたから、すっかり拍子抜けしてしまった。

ベルリンからたったの1時間半だし、きっとまた行くような気がする。

ハンブルクで、旅の最後に留まったホテルは、かつての給水塔だったところ。

煉瓦造りの円形の塔が、ホテルになっている。

ベルリンにも古い給水塔があって、そこはギャラリーとして使われている。

私が行った時は、真っ暗な中に、不思議な音が流れていた。

ものすごくしっかりとした建物で、ルックス的に、かなり恰好いい。

ドイツ人の、古き良きものを長く使うセンスには、本当に脱帽してしまう。

使われなくなった古い駅舎は、よく、美術館になっている。

ドイツ人は、空間の使い方が本当に上手だ。

広い空間にぽつんと絵が飾ってあると、それだけで作品の見え方が違ってくる。

絵も、最高の晴れ舞台を与えられて、すごく幸せなんじゃないかと思う。

ベルリン中心部のミッテには、旧ユダヤ人女学校だった建物を再利用したレストランやギャラリーがあって、そこもまた、とってもすてきな場所だった。

石造りで地震のない土地だから、百年も前のアパートにだって、平気で暮らすことができるのだろう。

今回は、ハノーバーにはじまり、ブリュッセル、アールスト、ケルン、ハンブルクと、いろんな町を巡る旅だった。

どの町もそれぞれすてきだったけれど、やっぱりドイツの町は、圧倒的にきれいだ。

ベルリンはドイツじゃない、という言葉も、ベルリン以外の町に行くとよーくわかる。

確かにベルリンは、ドイツの中では例外的に汚れている。

それでもやっぱり、ベルリンっていいなぁと、改めて思った。

なんていうか、空気感が他の町とは違うのだ。

アパートに帰って、なんともくつろいだ気持ちになる。

そして、気がつけばベルリン滞在も、残りあと一か月。

今週末から、友人が続々遊びにくる。

ペンション小川の開業だ。

少しでもベルリンの魅力を味わってほしくて、あれこれと、行く場所を考えているところ。

ひとまず今夜は、ベルリンフィルのコンサート。

今日が、今シーズンの初日、何か月も前から首を長くして待っていたのだ。

日常　8月25日

小旅行からベルリンに戻って、まず最初にしたのは、ご飯を炊くことだった。

今のアパートに引っ越してからはじめて炊いた玄米だったので、あんまり上手にはできなかったけれど、お粥《かゆ》にしてしまえば問題ない。

それから、大量の洗濯物を洗って、干して。

やっていることは、どこにいても変わらない。

今日は土曜日なので、掃除をした。

その後、近くにある大きな公園を散歩し、その足でパン屋さんへ。

土曜日なのにお気に入りの市場に行けないのは寂しいけれど、その分こっちには、とってもおいしいパン屋さんがある。

店の中央にある釜で焼いているので、パン屋さん全体に、香ばしい香りが漂っている。

明日のお客様用に、3種類のパンと3種類のペーストと、2種類のチーズをゲット。
土曜日は、朝の8時からやっている。
それからその隣にある八百屋さんで、ショウガと桃、イチゴを買った。
家に戻ってから紅茶をいれてゆっくり飲み、今は、小豆《あずき》を煮ているところ。
なんでもないことなのに、なんだか幸せな気持ちがこみ上げてくる。
東京にいると忘れがちになるけれど、こういう時間の流れ方って、とっても好きだ。

家族　8月29日

もうすぐ、ソニアがベルリンに到着する。

今頃すでに、パリからの飛行機は、着陸態勢に入っているはず。

何年ぶりだろう？

ソニアが子育てに忙しかったり、私の環境が変わったりして、なかなか会うタイミングができなかった。

ロスで仕事をしていたソニアから（ソニアはシンガーで、今、ミュージカルでいろんなところをまわっているらしい）ベルリンに来られそうだと連絡が入ったのは、一週間くらい前。

それから慌てて安いチケットを探し、あっという間に今日になった。

またすぐにフランスに戻らなくちゃいけないから、たった二日間しかいっしょにいられないけれど、ベルリンでひとつ屋根の下ソニアと過ごせるなんて、夢のようだ。

昨日はペンギンとKDWに行き、お寿司が好きなソニアのために、奮発してマグロのお刺身と生のホタテを買ってきた。

サシミクオリティー（という言葉が定着している）のマグロは、日本で買うのと変わらないほど、質がいい。

ホタテは昨日のうちに軽くダシで煮て、マグロは、半分は湯引きしてづけにし、もう半分はそのままの状態でお醤油につけてある。

これは、ペンギンからのリクエスト。

ただ問題はお米で、どうも上手に炊けないのだ。

もう今日だけでいいから、おいしく炊き上がってほしい！


ソニアは、私にとっての妹そのものだ。

ペンギンと3人でいると、本当に家族といる感じがする。

2000年の頃、パリのおしゃれなクラブで出会った。

そこで、ソニアが歌っていたのだ。歌いながら、私達に手を振っていたのが始まり。

そこから手紙やメールを送り合い、ソニアは何度も日本に来て私達といっしょに生活し、私もソニアの南仏の家に遊びに行ったり、考えてみればと――――ってても不思議な縁だ。

私にとっては、心の拠《よ》り所のような大切な存在で、何年ぶりに会っても、ずーっといっしょにいるような感じになれる。

うわぁ、本当にあと少しでやって来る。

ドキドキするなぁ。

まずはいっしょにランチを食べて、でもきっと今日は、話しているだけで、一日が終わってしまう。

明日は少し、ベルリンを案内してあげよう。

魔法の手

9月1日

彼女の手は、魔法の手だと思った。

コルヴィッツ広場の近くに、アーユルヴェーダをしてくれるお店があって、はじめて彼女のセッションを受けた時のこと。

あぶらとり紙みたいに、彼女の手のひらが痛いところを探し当て、すーっと肌になじんでいく。

全身のオイルマッサージの後、スチームサウナに入り、そこでたっぷり果物を食べながら小一時間休憩し、最後はフェイシャルマッサージ。

ざっと4時間くらいの、お姫様コースだ。

彼女は、南インドでアーユルヴェーダの勉強をしてきたそうだ。

ドイツ人かと思ったらオーストリア人で、たっぷり太った体からはとても明るいエネルギ

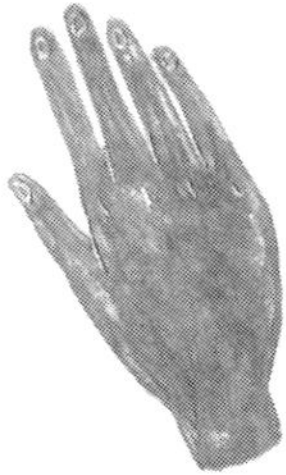

ーが出ていて、いっしょにいると、本当にハッピーな気分になる。

この夏、彼女に会えたことはとってもラッキーだ。

前回のセッションは、本当にすばらしかった。

完全に、体のネジが緩んだようになって、体がゼロに戻ったようだった。

その日の夜はクラシックのコンサートだったのだけど、もう目も開けていられないくらい、眠くて眠くて仕方ない。

この際だからと、気持ちよく眠らせていただいた。

そして、翌朝のすっきり感といったら！

体にたまっていた悪いものが全部外に出て、新たにいいエネルギーのかたまりが、ぎゅぎゅっと吹き込まれたようだった。

彼女は、本当にすばらしい魔法の手の持ち主だ。

自分も、あんなふうに人を癒《いや》せたら、どんなに幸せだろうと思う。

だから昨日も、彼女に会えるのを楽しみにして、出かけたのだった。

久しぶりにソニアに会って、思いっきりラテンの洗礼を受けた私には、ちょうどいいタイミング。

でもお店に行くと、彼女がいない。

そのかわり、別の女性が対応してくれた。

彼女の大切な友人が、まだ15歳の若さで、ガンで亡くなってしまったのだそうだ。

それで、お葬式に出かけたとのこと。

別の女性からマッサージをしてもらい、果物を食べながら休んでいた時、彼女が戻ってきた。

大丈夫？　と声をかけたら、大丈夫よ！　と笑顔で答える。

'She is in holiday now.' という言葉が、印象的だった。

みんなでビートルズの曲を歌ったりして、明るくその子を送ったそうだ。

一瞬でも彼女に会えて、幸せだった。


今日から、9月。

今月の終わりには帰国する予定だから、その前にもう一回、彼女のセッションを受けて帰ろう。

ベルリンの空は、見事なまでに晴れている。

現代美術　9月6日

ドクメンタを見に、カッセルに行ってきた。

5年に一度開かれる、世界最大規模の現代美術の祭典で、今回で13回目を迎える。

私にとっては、はじめてのドクメンタ体験だ。

とても広いし、会場も何か所かに分かれているので、1泊2日ですべて見るのは到底無理、という情報を事前に得ていたのが幸いだった。

全作品を制覇する、なんて野望ははなから捨てて、作品を探しながら、散歩気分で町を歩く。

まずは、公園内に点在する作品を見る。

一日目は本当にいいお天気だった。

9月になったら、空が急に秋らしくなり、日差しは強いものの、木陰に入ればひんやりとした爽《さわ》やかな風が吹いてくる。

運河沿いで日光浴を楽しむ人、カフェでビールやソーセージに舌鼓《したつづみ》をうつ人、犬の散歩をする人。

作品だけでなく、その場の環境そのものを味わうことができて、気持ちよかった。

現代美術に関して初心者の私は、ちょっとドキドキしていたのだけど、興味深い作品がいくつかあって、十分楽しめた。

特に、裸の木の幹に巨大な石がのっかっているように見える作品や、ミツバチ頭の彫刻や、駅のプラットフォームを使った弦楽器の演奏みたいなのが、好きだった。

中には正直、頭の中に「？」の苔《こけ》がびっしりと生えそうになる作品もあるし、せっかく並んで入ったのにちょっと期待はずれだったり、いろいろだけど、そういう作品もまた、それはそれで意味があるのだと思う。

私は、ぱっと見てすとんと感動する、シンプルな作品が好きだ。

子どもでも楽しめて、しかも意味を知ってますます深くうなずけるような。

言葉による解説を添えないと相手に伝わらないような作品は、今のところはちょっと、首をかしげてしまう。

最近は映像による作品も多いけれど、あれも、その土地に関連したものであれば意味があるけれど、関係ないと、今ここで見る意味はあんまりないかな、という気持ちになってしまう。

面白いのは、現代美術を見た後だと、何もかもが、美術作品に思えること。

公園の一角に積み上げられた枯葉の山が、もしかしてこれも作品なのかしら？　と思えたり、それとは逆に、駅の裏に無造作に放置されているかに見える廃材のかたまりが、実は作品だったり。

そう思うと、人が手を加えて生み出すものは、すべて作品だとも言えるし、要は、それを意識的に作れば作品になり、無意識であればゴミになってしまうということかもしれない。

それにしてもドイツの人は、アートを受け入れよう、理解しよう、という意識がとても強いと思う。

多くの人が、辞書のように分厚い作品のガイドブックを手にして、熱心に作品を見つめている。

ドクメンタに限ったことではないけれど、こういう場所に、年配の方や、おじいちゃん、おばあちゃんが多いというのも、ドイツというか、ヨーロッパの特徴だと思う。

夜食べに行ったスペイン料理のお店も、本当においしかった。

実は最初、カッセルにちょっと不安だったのだ。

だって、ドクメンタで行くのはいいけど他の時は絶対に行っちゃダメとか、とっても退屈な町だ、などと、ドイツ人が口を揃えて言うのだもの。

でも、思っていたイメージと全然違った。

すてきな町だったので、ぜひまた、行きたいと思う。

そして、丸2日間ドクメンタを堪能《たんのう》し、ベルリンに戻った昨日の夜。

夜中に、自分の叫び声で目が覚めた。

木の上に、猫の剝製《はくせい》がのっている。それが、並木道のように、ずーっと続いているのだ。

私、剝製って本当に苦手なんだけど、見ているだけでも怖い光景なのに、なんと男が向こうからやってきて、私を羽交い締めにし、無理やりその剝製に触らせようとするのだ。

やめて！　と大声で叫んだ瞬間、夢から覚めた。

本当に本当に怖かった。

きっと、ドクメンタでいろんな作品を見て、そのイメージが私の頭の中で醸造され、そんな夢になったのかもしれない。

今でも、思い出すと寒気がする。

きっちり　9月12日

去年、ベルリンに来て真っ先に驚いたのが、ワイングラスだった。

バーテンさんが、何度もグラスを横から見て確かめながら、ワインをついでいる。

何かと思ったら、ワイングラスにきちんと目盛りがついているのだ。

バーテンさんは、きっちり200ccのワインをついで持ってきてくれたのだった。

グラスに目盛りがついているのは、もう慣れっこになったけど、ドイツ人は、本当にきっちりしているなぁと感心する。

その気質が、滞在していてとても気持ちよく感じるのだと思う。

他にも、ドイツ人の魅力をあげたら、きりがない。

本当によく働くし、きれい好きだし。

驚くのは、どこのお手洗いに入っても、ものすごく清潔なこと。

お店の人がきれいにしているというよりは、使っている側ひとりひとりの心がけだと思う。

地下鉄やトラムも、改札がないから無賃乗車しようと思えば、いくらでもできてしまう。

でも、かなりの確率で、みんな、切符を持っているのだという。

信頼されているし、それぞれが自立していないと成り立たないシステムだ。

でも、そういう姿を子どもの頃から見ることで、少しずつ、成熟した考えが身につくのだと思う。

ドイツにいると、「対等」ということも、よく感じる。

ドイツ人は、とても公平に、人と接する。

町では、体に障がいのある方もよく見かけるけれど、障がい者と健常者も、いい意味で対等という気がする。

旅行者と地元の人も、対等。

若者とお年寄りも対等だし、ゲイの人とそうでない人も対等だ。

上に見たり、下に見たり、そういう意識をあまり感じない。

だから、旅行者の私でも、まるで住んでいるみたいに楽しむことができる。

昨日は、フランクさんがわが家にいらした。

ヤングユーロクラシックで知り合った、ドイツ人男性だ。

やっぱり、夕方の6時ぴったりに、お見えになる。

ゼクトを飲みながら、いっしょにお寿司を食べて、お互いに、相手の国を褒め合った。

そして今日はこれから、ミラノへ。

『あつあつを召し上がれ』のイタリア語版がちょうど発売になるので、そのプロモーションのために2泊ほど出かけてきます。

雑誌や新聞のインタビュー、ラジオの生放送など、結構もりだくさんのスケジュールだ。

ヨーロッパは、こんなふうにさくっと他の国に出かけられるから、いいな。

ユーロ圏の人達が、自由に住む場所を選べるというのも、本当にうらやましい。

通貨が変わらないというのも、とっても楽だし。

ローマ、トリノに続き、3度目のイタリアだ。

ミラノデビュー　9月15日

昨日は、インタビュー8本、フォトセッションが二つ。

久しぶりの、お仕事モードだった。

面白かったのは、日本と全く同じ反応だったこと。

昨日お会いしたイタリアの雑誌や新聞の記者さん達も、口を揃えて「『ポルクの晩餐』がとてもびっくりした」と言う。

「あれは、人ですか？　豚ですか？」と、やっぱり混乱するみたい。

でもそれを、すごく好意的に受け入れてくださっているのが、とてもうれしかった。

寓話《ぐうわ》的で面白かったとか、意表を突かれて新鮮だった、とか。

もしかするとイタリア人には、そういう少し気色の違う作品でも、積極的に受け入れようとする寛大さがあるのかもしれない。

それにしても、外国でインタビューを受けると、とたんに、私が「日本代表」みたいな立場になってしまう。

オリンピックの選手になったような、背中に日の丸を背負っているような。

「日本人は、〜なんですか？」という質問のされ方をよくされるので、なるべく誤りのないように答える努力はするけれど、私が日本人として真ん中にいるかというとそうではないし、日本人が全部私みたいな考えかと思われると、それは大いに誤解だし、私個人の考えと、日本人全体の傾向とを、しっかり分けて話すのがなかなか難しかった。

ところで、イタリアでは今、空前の料理ブームらしい。

料理に関してはかなり保守的な立場を貫いてきたイタリア人が、ようやく、他の国の料理にも目を向け始めているのだという。

でも、和食というと、どうしても、スシ、サシミ、というイメージから発展していない。

そういう意味では、今回翻訳された『あつあつを召し上がれ』には、いろんな和食が登場するから、和食を知ってもらういいきっかけになればと思う。

ドキドキだったフォトセッションも、結果的にはとってもとっても楽しかった！

カメラマンさんが、いろんな工夫をこらして、ものすごく情熱を込めて撮ってくれる。日本の場合、特に新聞なんかだと、中にはすごく義務的に何の愛情も感じさせずに撮っていく人もいるから、そういう撮影から較べると、ずっと面白かった。

人物の写真は、撮る側と撮られる側、両者の共同作業で生まれるものだと実感した。海外で写真を撮られるのははじめてだったけど、私に対する先入観とかイメージとかがない分、逆に自由に直感で撮影できたのかもしれない。

昨日撮ってくれたカメラマンのひとりは、作家だけを専門に撮る方だったようで、どんな写真ができているのか、とっても楽しみだ。

分刻みのスケジュールだったけど、途中途中に休憩が入るし、ランチタイムもたっぷりと2時間もあって、観光もできた。

ドゥオモの美しさには、びっくり！

この夏、ケルンの大聖堂とミラノのドゥオモ、両方を見たわけだけど、一方は真っ黒にすすけて重々しく、一方は真っ白でエレガントで、お国柄を象徴している気がした。

そしてちょこっと、ネリポッツァの会社にもおじゃました。

すてきなマンションのワンフロアが事務所になっていて、オフィスというより誰かの家のような雰囲気。スタッフにはひとりひとり個別の部屋が与えられていて、とてもいい環境だった。

日本の出版社の人達が見たら、さぞやうらやましく思うに違いない。

ネリポッザから出版されている日本の作家は、私の他に、夏目漱石さん、瀬戸内寂聴さん、桐野夏生さん。

本棚にたくさんあるネリポッザの出版物の中に、自分の作品が2冊も並んでいる姿を見て、本当に本当に誇らしい気持ちになった。

うれしくて、幸せで、あっという間だったミラノ滞在。

今、リナーテ空港で、ベルリン行きの飛行機を待っている。

日中韓　9月19日

ベルリンの町を歩いていると、よく、ニーハオと声をかけられる。

確かに、西洋人から見たら、日本人も韓国人も中国人も、同じに見えて当然だ。私ですら、地下鉄で同じアジア人に会っても、会話に耳をすまさないと、どこの国の人かわからない。

今住んでいるクロイツベルクのアパートの近くにも、よくカフェで顔を合わせるアジア人が住んでいる。

物腰の柔らかい、すてきな男の人。

絶対に日本人だと思っていたら、彼は韓国生まれ、ドイツ育ちだった。

偶然地下鉄の車両でペンギンと鉢《はち》合わせし、こんにちは、と声をかけたら、韓国語で返されたという。

彼は彼で、ペンギンのことを、絶対に韓国人だと思っていたらしい。

二人は、私がちょうどミラノに行っている夜、近くのバーでいっしょにワインを飲んだらしい。

ミッテのアパートを紹介してくれたのは中国人のアリアンだし、ベルリン一おいしいと評判のカフェを営んでいるのは韓国人で、彼らとも親しくなった。

自国を離れてしまえば、中国も韓国も日本も関係なく、とても親しくなれる。


そういえば、半月ほど前になるけど、ベルリンにある地下の防空壕《ぼうくうごう》跡などを巡るツアーに参加した。

ベルリンもまた、ものすごい地上戦が繰り広げられ、多くの犠牲者を出した。

地下には、避難のためのシェルターが造られており、そこが今でも残されている。

私が参加したのは英語で行われるツアーだったので、ドイツ人の参加者よりは、むしろヨーロッパの、ドイツ以外の国の人が多いようだった。

けれど、その人たちに対して、ガイドの男性が、とてもクールに説明しているのが、ものすごく印象に残った。

彼は、とても客観的な立場で説明していたし、勝ったから100%正しいわけでも、負けたから100%間違っていたわけでもなく、戦争自体が愚かな行為なのだ、というスタンスを貫いていた。

その公平な態度が、とてもドイツらしいと思った。

アパートのそばにも、かつて、強制収容所として使われていた建物が残されている。

日本だったら、きっとすぐに取り壊してしまいそうなのに、ドイツには、そういう場所が本当にたくさんある。

そうやって、記憶にとどめ、後の世に伝えていこうという強い意識を感じる。

いい記憶も、本当は忘れたい記憶も、してしまったことも、されたことも、すべて、町のいたるところに残してあるのだ。

今回の滞在では、友達がたくさんできたこと。

それが、何よりの収穫だ。

いよいよ、この夏のベルリン滞在も、カウントダウン。

オヤジガガ

9月21日

レディー・ガガさんのコンサートに行ってきた。

場所は、O2ワールドという、東京ドームみたいな広い会場。

2年前、バンクーバーにいた時もアパートのすぐ隣のドームにガガさんがいらしたのだけど、チケットがあまりに高くて、断念したのだった。

だから今回は、2年越しの思いを実らせての、初ガガライブ。

もう、本当に最高だった！！！

曲をほとんど知らないから最初は不安だったのだけど、そんなのは、一瞬にして吹き飛んでしまう。

なんて美しいステージだろう。

衣装は本当にチャーミングだし、照明も、映像も、ダンサー達の踊りも、すべてがパーフェクト。

私は、子どもの時にはじめてディズニーランドに行った時のことを思い出した。

ガガさんのステージは、まさに、大人のためのディズニーランドみたいなもの。

キラキラとしたときめきが、いっぱい詰まっている。

でも、一番美しいと思ったのは、ガガさんのハートだった。

きっと、ものすごーーーーくピュアな人だ。

そして、体を張って、本気で何かを伝えようとしている。

優しくて、まじめで、賢くて、本当に本当にすてきな女性だと思った。

いったい、どれだけの人を楽しませ、幸せにし、助けているのだろう。

すごいパワーだ。

ガガさんがこのステージを成功させるために、どれほどの努力をしているかと想像すると、気が遠くなってしまう。

私、すっかりガガファンになっちゃった。

それにしても、会場を彩るガガファン達の衣装がまた、面白かった！

同性愛にオープンな町だけあって、ガガ風ファッションに身を包む、目を見張るほどのきれいな男性もいる。

でも、なんといってもナンバーワンはオヤジガガ。

かっぷくのいいおじさんが、無理やりタイトスカートをはいて、かつらをかぶり、化粧をして来ていた。

きっと、本人はものすごく幸せなはず。


振り返れば、この夏は、本当に数多くの美しいものに出会った。

たくさんのすばらしいコンサートに足を運んだし、美術作品にも遭遇した。

人間の生み出すものの美しさを、実感するような時間だった。

去年も確かに多くの出会いがあったのだけど、それ以上に、より深く、ベルリンと関わることができた気がする。

そしてまだまだ知らないベルリンもある。

飽きるどころか、ますます好きになってしまったベルリン。

本当に、このままずーっと住んでいたい。

夏は終わり

9月25日

ベルリン滞在最後の一日は、昼間ベルクハイン（世界一とも言われているクラブ）に行って、その後、東駅周辺に出ていた蚤の市を物色し、ちょっとおなかがすいたので近所のイタリアンでピザを食べ、夜は老舗のフライドチキンとビールの店に行って堪能し、帰りにご近所のキーさん（韓国生まれドイツ育ち）宅に寄ってお茶をいただき、娘ちゃん二人とお絵描きなどして遊んできた。

濃厚な一日。

名残《なごり》惜しくて、ただ町を歩いているだけなのに、切なさがこみ上げてきてしまう。

ベルリンは、もうすっかり秋の風情だ。

紅葉が始まっているし、落ち葉が風に舞っている。

つい一週間前までは半袖だったはずなのに、急に皆さんもう冬支度だ。

毛糸の帽子にブーツ、暖かいコート。

私も、手袋をして歩いている。

この、変わり身の早さには、脱帽だ。


おさらいのようになってしまうけど、やっぱりベルリンは特別な町だ。

人がせかせかしていないし、欲張りでもない。

でも、怠惰かというとそんなことはなく、とてもよく働く。

遊ぶ時は遊び、働く時は働く。

そのメリハリが、とても心地よかった。

自由なところは限りなく自由、けれど守るべきルールはきちんと守る。

ルールを破った際のペナルティもしっかりしている。

そのさじ加減が、絶妙なのだ。

ベルリナーは、人としての身の丈を知っているし、どうやったら自分たちが心地よく生き続けていけるのか、それを知っているとても賢い人たちのような気がする。


そしてあっという間に夏が終わり、今はもう、コペンハーゲンにいる。

一泊して、午後の飛行機で日本に帰る予定。

この夏、たくさんすぎるほどのエネルギーをもらったから、これからはそれを私の中で熟成させ、また新たな物語として昇華させられるよう、努力しなくちゃ。

それが、一番の恩返しだ。

とにかく、すてきでチャーミングなベルリンとベルリナーに、スーパースーパースーパースーパーダンケシェーン!!!

もうすでに、ベルリンが恋しくなっている私。

孫の顔

9月28日

帰国の一番のお楽しみは、孫に会うこと。

もう、それだけが楽しみで楽しみで、仕方なかった。

孫に会いたくて、いとしのベルリンを離れる決心がついたようなもの。

物語は、自分がおなかをいためて産んだ子どものような存在だけど、その子が映像化されるということは、私にとっては、孫のような存在だ。

我が子に対しては、自分の思い入れが強いだけに、あぁでもない、こうでもないと、時々過保護になったり、大きくなればなるほど悩みも増えて、心から穏やかではいられない時もある。

けれど孫は、産むのは自分ではないし、自分のDNAも薄まって、かなり客観的になれる。

基本的には、かわいがってかわいがって、遠くから成長を見守っていればいい。

帰国早々、送っていただいたＤＶＤで、５話まで一気に見てしまった。

着ていたシャツの袖のところが、涙でぐっしょり。

本当にすてきな作品になっていて、オバーとしては鼻高々だ。

すばらしいスタッフの方々に育まれて、なんて幸せなのだろう。

私の至らなかった点もきちんと脚本でカバーされているし、心からうれしい。

私は、本当に本当に恵まれている。


それにしても、久々に吸う日本の空気が、なんだか柔らかいように感じるのは、気のせいかしら？

水が違うから、空気も変わったりするのかな？

ベルリンにいる間、ずーっと踵《かかと》がカサカサだったのが、帰国したとたんに治った。

日本はやっぱり、お米とお風呂が最高だ。

世間知らず

10月14日

唯一、嫌な想いをしたことといえば、ミラノでの最終日。

ベルリンに戻る飛行機の時間まで自由行動だったので、ホテルからひとりでぶらぶら歩いて、美術館に行こうとしていた時だった。

スフォルツェスコ城の中庭に入って、その美しさに見とれていると、ひとりの黒人が、にこにこと笑顔を見せながら、近づいてきた。

手に、たくさんのカラフルな紐《ひも》のようなものを持っている。

ハローとか声をかけられたので、最初はもちろん無視をした。

観光地にいるこういう人は、要注意人物だということくらい、私だって知っている。

でも、なおも笑顔でハローと声をかけてくる。

そして、おもむろに自分の腕を見せ、これはアフリカの幸運を呼ぶおまじないで、今、みんなに配っているところなのだと、説明した。

確かに、広場ではイベントの設営をやっている。

しかもその黒人男性は、ちゃんと首からネーム札を下げていた。

だから、イベントの一環で、みんなにプレゼントしているのだろうと思ったのだ。

せっかくだからと、左腕を出すと、男性はくるりと私の腕にカラフルな紐を巻きつけ、さらに、あなたのだんなさんの分も、と言って、もう一本、同じような紐を巻きつけた。

きゅっと硬く結びつけ、はじっこを爪切りでカットする。

その瞬間、表情がいっぺんした。

ペイマネー、ペイマネー、アイムフロームアフリカ。

周りに人もたくさんいるし、身の危険を感じるようなことはなかったけれど、ものすごくしつこい。

お金を持っていない、と言っても、コインでいいから払え、みんな払ってくれたと自分の財布を見せる。

空は本当に気持ちのいい青空で、ミラノで過ごせる時間は限られている。

いい加減めんどくさくなって、ポケットに手をつっこんだ。

もう、本当に腹立たしかった。

そんなことをやっているその人にも腹が立ったけど、そんな安易なわなにひっかかる自分自身が、情けなかった。

でも、うっかりしていたのだ。

ベルリンで出会う人がとってもいい人ばっかりで、外国人＝みんな優しい、と勝手に思い込んでいた。

そんなこと、あるわけないのに。

情けない。

それに、もっとも悔しいのは、これから先、同じような場面に出くわした場合、私が相手にうたがいを持ってしまうだろうということ。

払ったのは2ユーロだったけど、それで失ったものは、すごく大きい。

まだ若いんだから、もっと他のやり方で人とつながることも、できるだろうに。

思い返すと、20代半ばにひとりでベトナムに行った時も、似たようなことがあったっけ。

ホーチミンシティで、信号のない大通りを渡れなくて困っていたら、バイクタクシーのドライバーをしている少年がいっしょに渡ってくれたのだ。

それでつい気を許してそのバイクタクシーに乗ってしまったら、観光客など誰一人いないようなダウンタウンに連れていかれて、高額な料金を請求された。

いくら最初は用心していても、親切にされたとたん、つい相手を信じ切ってしまう。全然成長していない自分に、愕然《がくぜん》としたのだった。反省。

特別な場所

10月22日

第2回目となる、ららちゃんとのデートに行ってきた。

前回は、小学生になるちょっと前、銀座の資生堂パーラーにはじめて二人だけで出かけたのだった。

今回、どこに行こうかいろいろ迷って、結局また資生堂パーラーにした。

子どもって、本当にすごい。

この半年で、みるみる成長している。

タケノコみたいに、すくすく大きくなって、見違えるようになっていた。

小学校で、いろーんなことを吸収して帰ってくる。

またお子様セットがいいのかと思ったら、今回は、大人と同じものを食べたいとのこと。

オムレツとオムライスの違いを説明したら、ぜひともオムライスが食べたいということで、ららちゃんは、大好物のコーンスープにオムライスを、私はオニオングラタンスープにハンバーグを注文する。

おかしかったのは、「オムライスの一人前が結構ボリュームがあるので、半分にしますか?」と聞かれ、ららちゃんが、必死に首を横に動かしたこと。

量も、しっかり大人と同じものを食べたいらしい。

お店側のはからいで、半分よりも少し大きい、3分の2くらいのを作っていただくことになった。

こういうサービスが、うれしいなぁと思う。

それにしても、子どもにとって、「特別な場所」があるのは、とてもいいことじゃないかしら。

間違いなく、資生堂パーラーは、ららちゃんにとっての「特別な場所」だ。

ふだんとは違う、おめかしをして、ちょっと背筋を伸ばして出かけるところ。

そこではお行儀をよくしなくちゃいけないし、大人と同じ扱いを受ける。

そうやって、いろんなことを学んでいく。

ちょっとだけ私がお手伝いしたけれど、ららちゃんは、ほぼ3時間をかけて、ちゃんと一人前のオムライスを平らげた。

途中、お給仕さんが来てお皿を下げようとするたびに、「まだ食べます」と言って、がんばって食べていた。

きっと、食事は残さないで食べるように、って家で教えられているんだろうな。

こんなふうに、生まれた時からずっとそばにいて、成長を見られるというのは、とても幸せなことだ。

おなかいっぱいになって外に出ると、中央通りが、ちょうど歩行者天国になっていた。

ららちゃん、生まれてはじめての歩行者天国だったらしい。

ふだんは走ることのできない道路の真ん中を、思いっきり駆け回っていてかわいかった。

毎日毎日、贅沢なご馳走を食べたいとは思わないけど、たまにこういうところで食事をするのは、楽しいことだ。

だけど、特別な場所が資生堂パーラーっていうのは、うらやましい。

次は私も、オムライスを食べてみよう。

大切にする

10月28日

ペンギンが、どこかに傘を置き忘れたという。

去年、ベルリンで買って日本に持ち帰った、アンペルマンの傘だ。

気づいてすぐ、銀行のＡＴＭコーナーに戻ってみたもののそこにはなく、その前に立ち寄ったスーパーに行ったら、ようやく見つかったそうだ。

よかった。

きっとビニール傘だったら、そんなに探さなかったはず。

私の場合、なくしてしまわないように、傘はあえて高価なものを持つようにしている。

そうすれば、きっとどこに置く時も責任を持つだろうと思って。

今愛用しているのは、荒井良二さんのイラストが描かれたもの。

読みが当たって、いまだになくさずに使っている。

ペンギンはいつも、なくすからと言ってアンペルマンの傘を持つのを渋るのだけど、それだと、いつまで経っても成長しない。

今回は、いい教訓になった。

雨が降った翌日になると、集合住宅のゴミ捨て場には、ビニール傘が何本も捨ててある。それを見るたびに、悲しくなるのだ。

だから、わが家はビニール傘禁止。

外出先で突然の雨に見舞われても、雨宿りをするとか、タクシーで移動するとかして、なんとか買わない努力をする。

先日、ベルリンで知り合った友人が日本に来て、雨が降っても傘がないのでずぶ濡《ぬ》れになっていたけれど、私も、同じ気持ちなのだ。

自転車に関しても、そう思う。

ベルリンは、自転車天国。

みんな、本当にかっこいい、すてきな自転車に乗っている。

自分でパーツを選び、自分だけの「愛車」を作る、というか育て上げる。

部品が壊れても、そこだけ替えて乗り続けるし、自転車に対する愛情はひとしおだ。

だから、放置自転車なんて、とんでもない。

確かに、店頭で売られている自転車は、高かった。

それに較べると、日本で売られている自転車は、本当に安い。

でも、ベルリンで売られている自転車の、何分の一かのお値段で買えてしまう。

でも、日本では放置自転車があとを絶たないし、撤去されても引き取らなかったりする人が多いと聞く。

どうせ安いから、なくなったらまた新しいのを買えばいいだろう、という考えなのだろう。

でも、そうやって持ち主が放棄した自転車の処理に、多額の税金が使われる。

堂々巡りだ。

何が安いのか、高いのか。

結局、いい自転車を長く使うベルリンの人達の方が、経済的なのではないかと思う。

なんとなく、日本人は今、目先の安い、高いにとらわれすぎていないかしら？

食べ物にしたって、安いからといってファストフードやスナック菓子ばかり食べたら、のちのち健康を害して、かえって高くつくとも限らない。

一概には言えないけれど、金銭的に言ったら、日本人の方がずっとお金持ちなのに、ドイツ人の方がもっと豊かに人生を楽しんでいるような気がしてならなかった。

何に、どうお金を使うか、それが、人々の幸せを、左右している。

つまり、政治ってこと？

でも、その政治家を選んだのは、私達だし。

なんだかなぁ、と思うことが多い、今日この頃だ。

昨日は、ついにお重を買った。

40代を目の前にすると、人生のゴールが見えてくる。

だから、これから買うものは、極力、一生使えるものでありたい。

木ではなく、布を何枚も重ねて、そこに漆《うるし》をぬった私のお重は、見とれてしまうほどに美しい。

使うほどに艶が増し、ますます磨かれていくそうだ。

作ったのは、私より少し年下の塗師《ぬし》。

お正月が巡ってくるたびに、楽しみが増えた。

お節、今年は張り切って作ってみようかな。

待つよろこび

11月2日

あらまぁ、気がついたら、11月だ。

夏を日本で過ごさなかったせいか、どうも季節感がずれてしまう。

まだまだ暑いような気がして、つい薄着をして外出してしまうのだ。

もうそろそろ、本格的な冬のコートを出さなくちゃいけないのに。

先日、近所のお花屋さんの前を通ったら、リースが売られていた。

早いなぁと思ったけれど、もうそんな時期なのかもしれない。

街も、クリスマスムードなのかしら？

『はるになると』、『ともだちはどこ？』に引き続き、また、アングランドさんの絵本の翻訳をやらせていただいた。

今度のタイトルは、『クリスマスがやってくる』。

今回もまた、アングランドさんの絵が、ものすごくかわいい。

クリスマスは、クリスマス当日もさることながら、その日を待つこともまた、楽しみなんじゃないかと思う。

ツリーを準備したり、まだかなぁ、まだかなぁ、とか、誰に何をプレゼントしようかなぁ、と、楽しみにしながら待つことが、一番のギフトかもしれない。

日本でもクリスマスは定着したけれど、ヨーロッパの人達にとって、その意味は、ひときわ大きい。

彼らにとって、クリスマスは、家族と過ごす、特別な日。

気持ちを新たにする、という意味合いもあるのかもしれない。

きっと、アングランドさんにとっても、クリスマスの記憶は、ひとしおなのだろう。

とっても優しくて、温かい一冊になったと思っている。

おっさんの日

11月3日

朝、ららちゃんから電話。

昨日、できたばかりの『クリスマスがやってくる』を送ったので、そのお礼だった。

絵がかわいい！　と、ららちゃんにも大好評。

「今年はいっしょに、クリスマスパーティーがしたいです」とのことで、じゃあ、今年はごいっしょしましょうと、約束した。

今日は、ららちゃん、学校がお休み。

それで、「ねぇねぇららちゃん、今日は何の日か知ってる？」と聞いた時だった。

「いいおっさんの日！」

ららちゃんが、元気よく即答した。

「いい、おっさんの日？？？　ほんとに？」と質問を重ねると、

「じゃあ、いいみかんの日」という。

「そうなの？」と尋ねると、自信たっぷりな様子で、

「だから今日、あまいみかんを食べると、幸せになるんだよ」と。

そうか、そうなんだ。

ららちゃん、この間資生堂パーラーに行った時、オムライスのつけあわせだったみかんを、「すっぱーい」といって、本当にものすごくすっぱそうに食べていた。

「次どこにデートに行こうか？」と質問すると、「ディズニーシー」と即答。

私はまだ行ったことがないから、ららちゃんと行くのは、いいかもしれない。

「ひとりで、だいじょうぶなの？」と聞いてみると、

「ぜんぜん平気。ママとパパ、ディズニーシーに連れて行ってくれないもん」だって。

小学校に通うようになり、そんなことをいう知恵もついてきたようだ。

どうやら、学校に行くと、いいことも、そうじゃないことも、スポンジみたいに吸収して帰ってくるらしい。

そうか、今日は「いいおっさんの日」か。

ならば、ペンギンをかわいがってあげなくては。

最近ペンギンは、ららちゃんにつれなくされて、少々ご傷心なのだ。

子どもはどんどん変化するし、いつまでも両手を広げて抱きついてくると思ったら大間違いなんだよ、と慰めたけど、でもやっぱり、ショックはショックらしい。

ららちゃんは、私の一番年下の友達だ。

おやすみカリンバ

11月17日

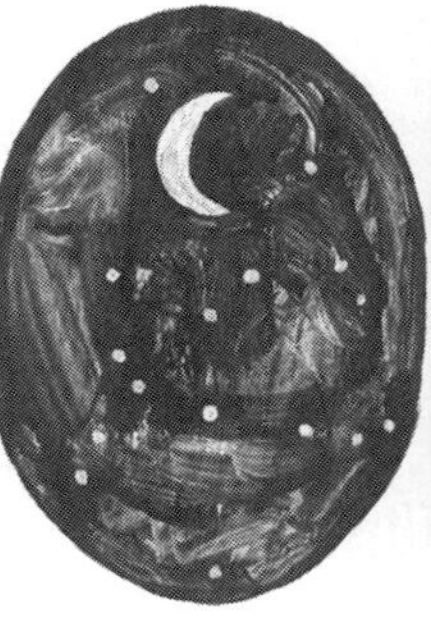

ベルリンで、カリンバを買った。

首を悪くしてギターが弾けなくなってしまったペンギンが、本当はアルトリコーダーを買いたかったのだけど、実際にお店に行って持ってみたら音を出すのは難しいことが判明し、しょんぼりと店を出た帰り道、偶然通りかかった打楽器屋さんで見つけたのだった。

カリンバは、アフリカの楽器。

板状のものに細い金属の棒のようなものが並んでいて、それを爪で弾くようにして音を鳴らす。

ペンギンが買ったのはドイツ製で、すでにチューニングがしてあるもの。

だから、何も考えずに適当に音を鳴らすだけで、美しいメロディになる。

これを、私が寝る時、ペンギンが弾いてくれるようになった。

布団に入り、目を閉じると、隣の部屋からカリンバの音が聞こえてくる。

大きな泡のような柔らかい音色で、全くとげとげしていない。

これを聞いて寝ると、本当にぐっすりと眠れるようになった。

導眠率は、１００％だ。

うまいとかへたとかは関係ないし、どんなふうに弾いてもそれなりに聞こえる。

眠りが浅い人や不眠症で悩んでいる人にもおすすめだし、あと、泣き止まない赤ちゃんなんかにも効果があるんじゃないかしら。

とにかく、ものすごく気持ちいい音色なのだ。

ペンギンはペンギンで、隣の部屋でニュースを見ながら、適当に弾いているという。

でも、だんだん上手になってきているみたい。

何も意識せずに、とにかく呼吸に合わせてゆっくりと爪弾くだけで、すてきな音が出る。

おやすみカリンバ。

気持ちいいですよ。

朝晩

11月28日

好きな季節が巡ってきた。

夏の暑さに弱い分、冬はワクワクする。

もちろん、寒いことは寒いけど、自分で工夫すればなんとかなる。

今年もまた、部屋の中でもふっかふかのブーツを履き、寒ければ、その中にカイロも忍ばせている。

多少そうはいかなくなる時もあるけれど、一年に一作品、書けたらいいなと思っているので、そうなると毎年この時期に、集中して執筆をすることになる。

稲作や、人の妊娠期間と一緒で、種をまき、育み、収穫し、土地を休ませる。

そうやって、大きく一年というのをサイクルにして、書いている。

だから今、朝は結構早起きだ。

布団から出るのは辛いけれど、楽しみもある。

それは、カーテンを開けること。

開けた時、見事にきれいな朝焼けが広がっていると、それだけで得した気分になる。

もちろん、まだ真っ暗という日もあるけれど。

冬は、特に空がきれいだ。

着替えて、温かいお茶を飲みながら、朝の空が少しずつ明るくなるのを見る。

この時間が、とても大事。

今朝は、曇っていたけれど、ちょうど雲の中に一か所だけ、目の形をした穴（？）があいていて、そこを太陽が通る時だけ、ぴかーっと輝いていた。

ウルトラマンみたいに。でも、ほんの一瞬だった。

夜は夜で、星や月がとってもきれいだ。

私はちょうど、露天風呂からそれを見上げる。

冬は、外のお風呂にもちょうどいい。

空気はうんと冷たいけれど、ずっとお湯につかっていると、体が温まってくる。

きれいな夜空の下でお風呂に入れるのは、最高だ。

春や秋もすてきだけれど、年々、心地いい時間が少なくなってきている気がする。

ものすごーく暑いか、ものすごーく寒いかの、どちらかだ。
だから、冬が好き。
温もりを、実感できるから。

おせちモード

12月9日

夜寝ている時に、ふと目が覚めることがある。

自分の体が球根になったみたいで、本当はどこかから皮膚をぐいっと持ち上げて芽を出したいんだけど、どこも穴を開けられる場所が見つからなくて、エネルギーが皮膚に閉じ込められて行き場を失いウズウズしているような、たとえるならそんな感じ。

小説を書いている最中は、そんなことが時々ある。

苦しいけれど、幸せだ。

いよいよ12月になって、おせちモードが全開だ。

新たに、土井《どい》善晴《よしはる》さんの『祝いの料理』を取り寄せ、妄想している。

見ていると、あれもこれもと全部、作りたくなってしまう。

この本、とってもおすすめです。

でも、その前に選挙だ！

選挙大好き人間としては血が騒ぐけど、今回は、いつになく気が重い。

政党もたくさんあるし、候補者も１５００人を超えている。

難解なクイズを出されている気分だ。

だけど、それでも一人ひとりが一票を投じないと、何もかも始まらない。

みんなで投票に行かなくちゃ！

ダダーっととりとめのないことを書いてしまったけれど、今日はこれから、ペンギンと京都へ。

コツコツ貯めた５００円玉貯金を握りしめ、ものすごく寒そうな冬の京都へ行ってきまーす。

おせちカレンダー

12月25日

クリスマスが過ぎると、一気に年の瀬ムードが高まってくる。

玄関に飾ったリースをしめ飾りに替えて、着々と準備を整えていく。

そろそろ、本格的なおせちモードだ。

今日はまず、身欠きニシンの下処理をやった。

去年、少し残ったのを味噌床につけておいたら、ものすごくおいしかったのだ。

それで今回は、味噌漬け用も含めて、大量に仕込む。

ペンギンに頼んだら、自分がたくさん食べたいものだから、なんと15本も買ってきてあった。

味噌漬けは、一年経った今くらいが、ちょうどおいしい。

漬けておいた味噌だけでも、お酒のアテに持ってこいだ。

身欠きニシンはまず、米のとぎ汁につけて、水を取り替えながら、ゆっくりと時間をかけて戻す。

一晩という人もいれば、3日という人もいて、意見はそれぞれ。

今回は、2日間くらいつけてみようと思う。

戻ったら、またきれいな水に替えて、コトコトと煮る。

こうやって、ようやく下処理が終了。

味噌漬けにする場合は、この段階で床に寝かせる。

五色なます、黒豆、伊達巻が我が家における三大スターだけど、今年は他にも、昆布巻、数の子、きんとん、田作り、叩きごぼうなど、こまごま作ってみる予定だ。

さっき、おせちカレンダーを作ってみた。

何日から、何を作り始める、とか、そういうもの。

計画的に作らないと、年を越してからもまだ、おせちを作るはめになる。

あと、お重に詰める時は、設計図を描くのも大事。

きれいにお重に盛り付けるのは、かなりハードルが高い作業だ。

今日はクリスマスということで、宅配さんも忙しそうだった。

よそのお宅がどのくらいの頻度なのかわからないけれど、うちは、宅配便が届く数が、とても多いと思う。仕事の資料などが大半だけど、だいたい、一日に一回はピンポンが鳴って、何らかの荷物が届く。

うちに届けてくれる主な宅配さんは二人（どちらも男性）で、お二人とも、とても個性が強い。

特にSさんは、「うちも、ここと同じうどん、買ってるの。おいしいよね〜」とか、「今日は、めっちゃ寒い」とか、いつも何かしら話していく。

そのSさんが、今日はものすごく慌てていた。

暮れの荷物に加えて、今日はクリスマスということもあり、プレゼントの宅配がとても多いのだとか。

「だけどね、子どもが待ってるからさ、なるべく早く届けてあげたいのよ。だから今日は、サクッと行きますわ」

忙しいと言いながらも、なんだかちょっとうれしそうだった。

夕方、お風呂に向かう途中、西の方に富士山が見える。

そうそう、このくらいの時期から、東京はどんどん空気がきれいになる。

京都の帰りに新幹線から見えた大きな富士山もきれいだったけど、夕陽を背に小さく見える富士山もまた、美しい。

富士山を見つけると、なんとなく得した気分になる。

それでは　12月29日

伊達巻の最後の一本が焼きあがり、今年のおせち作りも、無事終了。

数日かけて段取りよくやったのがよかったのかもしれない。たぶん、今までで一番張り切って作ったんじゃないかしら？

あとは明日お重に詰めて、年が明けるのを待つのみ。

少し早めに完成すると、気分がいいものだ。

それにしても、ここ数日は目まぐるしかった。

通常の仕事に加えておせちを作ったものだから、頭が冴《さ》えて眠れないし。

しかも、どうも数日前から喉《のど》がおかしい。

乾いた咳《せき》も出て、洟《はな》も出るし、微熱もある。

もしかすると、もうすでに花粉が来ているのかもしれない。

頭はぼんやりしてしまうし、本当に迷惑だ。さっそく杉ヒノキ茶を取り寄せ、飲んでいる。

年が明けると、私はデビューして5年になる。

5年かぁ。

あっという間だったな。でも、こんな生活を5年も続けていると思うと、感慨深い。

ちょっと、自分を褒めてあげよう。

みんなが働いていない年末年始に仕事をするのが好きだと公言していたら、本当にここ一週間くらいで読み直したりしなくちゃいけない原稿が、いろいろ届いた。

幸せなことだ。

静かなお正月、私はひっそりと仕事をしようと目論んでいる。


今夜は、ペンギンとお寿司屋さんで忘年会。

ふだんの食事はペンギンが用意してくれるので、せめてお正月の三が日くらいは、のんびりしてほしい。

ではでは、皆様よいお年をお迎えくださいませ。

また来年も、どうぞよろしくお願いします！

本書は文庫オリジナルです。

幻冬舎文庫

●好評既刊
こんな夜は
小川 糸

古いアパートを借りて、ベルリンに2カ月暮らしてみました。土曜は青空マーケットで野菜を調達し、日曜には蚤の市におでかけ……。お金をかけず楽しく暮らす日々を綴った大人気日記エッセイ。

●好評既刊
ペンギンと暮らす
小川 糸

夫の帰りを待ちながら作る〆鯵、身体と心がポカポカになる野菜のポタージュ……。ベストセラー小説『食堂かたつむり』の著者が綴る、美味しくて愛おしい毎日。日記エッセイ。

●好評既刊
ペンギンの台所
小川 糸

『食堂かたつむり』でデビューした著者に代わって、この度ペンギンが台所デビュー。まぐろ丼、おでん、かやくご飯……。心のこもった手料理と様々な出会いに感謝する日々を綴った日記エッセイ。

●好評既刊
ペンギンと青空スキップ
小川 糸

道草をして見つけた美味しいシュークリーム屋さん。長年の夢だった富士登山で拝んだ朝焼け。毎日を楽しく暮らすには、ときには自分へのご褒美も大切。お出かけ気分な日々を綴った日記エッセイ。

●好評既刊
私の夢は
小川 糸

カナダのカフェで食べたふわふわのワッフル。モンゴルの青空の下、遊牧民と調理した羊のドラム缶蒸し……。旅先で出会った忘れられない味と人々。美味しい旅の記録満載の日記エッセイ。

幻冬舎文庫

●好評既刊
海へ、山へ、森へ、町へ
小川　糸

天然水で作られた地球味のかき氷（埼玉・長瀞）、ホームステイ先の羊肉たっぷり手作り餃子（モンゴル）……。自然の恵みと人々の愛情によって、絶品料理が生まれる軌跡を綴った旅エッセイ。

●好評既刊
さようなら、私
小川　糸

帰郷した私は、初恋の相手に再会する。昔と変わらぬ彼だったが、私は不倫の恋を経験し、仕事も辞めてしまっていた……。嫌いな自分と訣別し、新しい一歩を踏み出す三人の女性を描いた小説集。

●好評既刊
スタートライン
始まりをめぐる19の物語
小川　糸　万城目　学　他

浮気に気づいた花嫁、別れ話をされた女、妻を置き旅に出た男……。何かが終わっても始まりは再びやってくる。恋の予感、家族の再生、再出発――。日常の「始まり」を掬った希望に溢れる掌編集。

●最新刊
ラブソングに飽きたら
加藤千恵　椰月美智子　山内マリコ
あさのあつこ　ＬｉＬｙ　青山七恵
吉川トリコ　川上未映子

実らなかった恋、伝えられなかった言葉、人には言えない秘密。誰もが持っている、決して忘れられない〝あのとき〟。ラブソングより心に沁みる、人気女性作家が奏でる珠玉の恋愛小説集。

●最新刊
傷口から人生。
メンヘラが就活して失敗したら生きるのが面白くなった
小野美由紀

過剰すぎる母、自傷、パニック障害、女もこじらせ気味……就活失敗でスペインの巡礼路へ旅立った問題てんこもり女子は、再生できるのか？　生きる勇気が湧いてくる、衝撃と希望の人生格闘記。

幻冬舎文庫

●最新刊
散歩
小林聡美

石田ゆり子、井上陽水、加瀬亮、もたいまさこ、柳家小三治などなど、気がおけないひとたちと散歩。気の向くままに歩きながら、時に笑い、時に深く語り合った、うたかたの記録。

●最新刊
毎日がおひとりさま。
ゆるゆる独身三十路ライフ
フカザワナオコ

彼氏なし、貯金なしの独身著者の日常は、毎夜、金魚相手に晩酌し、辛い時には妄想彼氏がご登場！　それでも笑って楽しく生きてます。おひとりさまの毎日を赤裸々に描いたコミックエッセイ。

●最新刊
すーちゃんの恋
益田ミリ

カフェを辞めたすーちゃん37歳の転職先は保育園。結婚どころか彼氏もいないすーちゃんにある日訪れた久々の胸の「ときめき」。これは恋？　すーちゃん、どうする!?　共感のベストセラー漫画。

●最新刊
お前より私のほうが繊細だぞ！
光浦靖子

「母の格好がヒョウ柄化していきます」「30歳過ぎの未婚女性が怖いです」――。日常に影を落とすお悩みには、皮肉と自虐たっぷりのアドバイスが効果的。笑えて役に立つお悩み相談エッセイ。

●最新刊
おでんの汁にウツを沈めて
44歳恐る恐るコンビニ店員デビュー
和田静香

虚弱体質ライターが40代半ばでコンビニ店員デビュー。百戦錬磨のマダム店長らに囲まれ恐怖のレジ特訓、品出しパニック、クレーマー……懸命に働き、初めて気づいた人生の尊さを描くエッセイ。

たそがれビール

小《お》川《がわ》糸《いと》

平成27年2月10日　初版発行

発行人――――石原正康
編集人――――永島賞二
発行所――――株式会社幻冬舎
〒151-0051東京都渋谷区千駄ヶ谷4-9-7
電話　03(5411)6222(営業)
　　　03(5411)6211(編集)
　　振替00120-8-767643
印刷・製本―中央精版印刷株式会社
装丁者――――高橋雅之

検印廃止
万一、落丁乱丁のある場合は送料小社負担で
お取替致します。小社宛にお送り下さい。
本書の一部あるいは全部を無断で複写複製することは、
法律で認められた場合を除き、著作権の侵害となります。
定価はカバーに表示してあります。
Printed in Japan © Ito Ogawa 2015

幻冬舎文庫

ISBN978-4-344-42303-9　C0195　　お-34-9

幻冬舎ホームページアドレス　http://www.gentosha.co.jp/
この本に関するご意見・ご感想をメールでお寄せいただく場合は、
comment@gentosha.co.jpまで。